◆▶ 中国文学名家散文精选丛书

泥土温润的光芒

刘学刚　著

江西高校出版社
JIANGXI UNIVERSITIES AND COLLEGES PRESS

南　昌

图书在版编目（CIP）数据

泥土温润的光芒 / 刘学刚著. -- 南昌 : 江西高校
出版社, 2025. 6. -- (中国文学名家散文精选丛书).
ISBN 978-7-5762-5629-1

Ⅰ. I267

中国国家版本馆CIP数据核字第2024XR1017号

责 任 编 辑　陶裕果
装 帧 设 计　夏梓郡

出 版 发 行　江西高校出版社
社　　　址　江西省南昌市新建区工业二路508号
邮 政 编 码　330100
总 编 室 电 话　0791-88504319
销 售 电 话　0791-88505090
网　　　址　www. juacp. com
印　　　刷　鸿鹄（唐山）印务有限公司
经　　　销　全国新华书店
开　　　本　650 mm×920 mm　1/16
印　　　张　13
字　　　数　160千字
版　　　次　2025年6月第1版
印　　　次　2025年6月第1次印刷
书　　　号　ISBN 978-7-5762-5629-1
定　　　价　58.00元

赣版权登字-07-2024-1006

代序：日出

　　唐朝诗人白居易写日出的一首诗《忆江南》可谓妇孺皆知。"日出江花红胜火，春来江水绿如蓝"，太阳的光线落在江畔，绽放成一朵红艳艳的花，而那一江春水金光闪闪地流淌，犹如一辆富丽堂皇的皇家马车。在那一个时刻，诗人的心花开得很大很大，比江花都绚烂，他把头发竖成了耳朵，把耳朵望成了八方，敏锐地接收着一朵鲜花一朵浪花的消息。

　　每每复述白乐天的一江春水万顷阳光，我清晰地看见，一个少年坐在秋天的池塘边，在旧作业本的背面细心地记录日出的美丽景象。

　　1984年的秋假。秋假，是我们这一代农村孩子的专享。它是有颜色的，金黄，热烈，欢腾，宛若秋日田野上的大太阳，又如饱满圆润的玉米，玉一样的米，金光闪闪地从田野涌向场院，涌向玉米秆搭建的栈子，涌向房前屋后的树杈，村庄一片金黄。大人在地里咔嚓咔嚓掰玉米，孩子挎着小筐，斜倾着身子，往地头运送，玉米叶子沙沙地响。夜晚，大人孩子一起剥玉米，玉米壳堆成一座金山，玉米棒也堆成一座金山。有圆溜溜的玉米棒从玉米山上滚下来，孩子忙不迭地去追，脚踩在玉米棒上，打滑，摔了一个四仰八叉。大人笑，孩子也笑，玉米也在笑，剥了壳的玉米笑得最好看。

　　那年的秋假作业，写一篇作文，家乡的日出。那天，我起得很早，熹微晨光里的屋舍草垛，仿佛甜地瓜浸在薄薄的玉米粥里，空气中充溢着玉米秸腥甜、潮湿的气息，熟透的玉米香甜的气息。各种味道各自存在着，像狗的汪汪叫、鸡的咯咯嗒、鸭的嘎嘎声；又像几根绳子纠结缠绕，拧成一条结实的发光的村路，伸向村头的池塘。

再也没有比坐在池塘边看日出更好的去处了。平原的坦荡如砥，池塘的水光潋滟，该有的奇观都有了。那时，我们村有七大池塘，村南村北村东村西都有，如果从太阳的视角来看，整个村庄真的是镶金嵌玉。雨天，地上的水往池塘流，池中的鱼往村里游，小时候赤着脚在庭院的水窝窝里就能捉到活蹦乱跳的小鱼。

东方天边上现出一道鱼肚白。我的心都提到了嗓子眼，觉得，太阳会像一条大鱼那样蹿跳出来，倏忽而逝，我得抓住它。果然，东方频频更换美丽的华裳，淡青，淡黄，绯红，深红，像节日盛典上光彩照人的女主持。太阳跃升而出，红彤彤的，像一位揭去红盖头的新嫁娘，妩媚动人。升到树梢时，太阳长成了一个白净净的村妇，喂猪，喂鸡，生火，做饭，风风火火地穿梭于庭院和灶台之间，锅碗瓢盆都感受到了一种温暖。

这样的日出，它出现在一部影视剧的开场或剧终，昭示着希望、重生，或者追求。它出现在一个人的天空，让这个少年不胜惶恐。他像突然发现了大地的宝藏一样，用铅笔在纸上涂涂抹抹，描画着他心中的藏宝图。他当然不会忽略太阳给村庄的持续影响。

太阳升起，村庄最先亮起来的是池塘。太阳在水中的倒影宛若一盏燃烧的灯火，它的光芒随粼粼水波飘荡，跳跃。那情那景，就叫一个浮光跃金。池塘是太阳最明媚的去处。此外，太阳还以不同的方式出现在村道、井台、牛车、草垛，甚至猪圈里。池塘四围的垂柳似乎有一些萤火虫在翔舞，闪闪烁烁的。村庄的主要街道是东西向的，看上去是从太阳那里铺展而来的，一直铺到树影幢幢炊烟袅袅的秋天深处。黄沙道上，拉着玉米秸的地排车往回赶，拉着黄玉米的大马车往回赶，金光闪闪地走向寻常百姓家。

在一个遥远的秋天，一个乡村少年，他看见他的村庄从大地上升起来，炊烟袅袅，香气飘飘，升起一个朴素的村庄，一个金光闪闪的天堂。那个早晨，村庄的美、日常生活的美都让他大吃一惊，一种感受影响了他看世界的方式，以及对待生活的态度。

仅仅凝视日出，我们看见的或许是美丽的倏忽而逝，很难发现太阳的普世意义，太阳从来不是一个观赏品。仰望日出，让内心的日出普照现世，在日常生活中获得天堂世界的感受，心平气和地呼吸，这是一种很好的处世哲学和生存智慧。与虚伪造作无关。与圆滑世故无关。

目　录
CONTENTS

第三辑
明月来相照

第四辑
把酒话桑麻

第一辑

草木有本心

鸡眼草

读《救荒本草》和《本草纲目》这两部博物学著作，越来越觉得，它们很像我们村的两个人。《本草纲目》是白发苍苍的老中医，水煎温服，研末为丸，经了煎熬的青枝绿叶苦味甚重，叫人闭了眼捏住鼻子也难以下咽。《救荒本草》絮絮叨叨的，水浸淘净呀，油盐调食呀，像细心周到的母亲，生怕孩子喝凉水塞了牙缝。还有，书中本草的名字大都土里土气的，山芹菜、兔儿伞、水豆儿，仿佛走在黄昏的乡间小路上，远远听见村头响起母亲呼唤孩子乳名的声音，身体不由得麻酥酥地发颤。

鸡眼草，《救荒本草》叫它掐不齐。作为豆科鸡眼草属一年生草本植物，鸡眼草的叶子很小，在叶轴上一长三叶，长圆形，排成羽毛状，互生，有些像大豆的叶，仔细端详，叶上密布人字形的条纹。其茎叶伏地或斜生，长势迅猛，犹如落在土地上的浓重的墨汁，迅疾洇染出一片苍翠，吸引着牛的目光，兔子的脚步。

大明王子朱橚在开封他的王府里种植各种野生可食植物，进行细致的观察和记录。他和李时珍皆是知行完备的至善之人。不同的是，李时珍栽培药圃是祛除患者病痛，他的草木高大茂密，一副饱经沧桑的样子；朱橚的百草园清新鲜绿，枝枝叶叶掩映着王子而立之年的天真好奇，以及探究人类荒年生存法则的勇气。朱橚种了鸡眼草。它一柄三叶状若飞翔的姿势，让王子想起了盛年的出走凤阳。大明王子伸出右手，掐了鸡眼草的叶子，想尝一尝它的味道，却发现断口酷似好看的燕尾，这激发了王子盎然的童心，他掐呀掐，怎么也掐不出一个齐整的边。草的叶碧绿温润，细白的绒毛宛若美丽的光晕散布其上，看上去如鸡眼一般大小的叶犹如清澈的湖，叶面荡漾着水波一样的条纹，条纹那么多，并未给叶子增加一点皱褶，反而深厚了叶的绿，深刻着一个植物家族牢固的血脉记忆。朱橚这样写道："以其叶用指甲掐之，作劐不齐，故名。"仕途失意的他是为自己正名，侍弄花花草草，或遇荒岁，如法采食，亦可拯救饥民，维护社会稳定。

面对黄河水患，朱橚忧心忡忡地记录了414种可放心食用的野生植物，像一位细心的厨娘，他又按可食部位将植物们分为叶可食、根可食、实可食等。鸡眼草是其中之一，朱橚归之于实可食一类，采子捣取米，可煮粥喝，亦可磨面作饼食。鸡眼草椭圆形的荚果只有三四毫米那么长，内中有种子一枚，小如米粒，采采荚果，不盈顷筐。以我的童年经验来看，这种浅根性植物到处都是，跟随人们的脚步遍布林下田边路旁溪畔山地丘陵，以及肥沃的耕地，可谓资源丰富。尤为重要的是，它的种子是粮食，是青色的米，拈几粒投放锅里，一锅的沸水就升华为稀粥，稀粥也是饭食，不止塞塞牙缝，还能混个汤饱。朱橚说鸡眼草的种子味微苦，我没有吃过，大抵是吃着叫人直皱眉头的那种。

上个世纪七十年代，在饥饿的威胁下，我们村的人挖草根、剥树皮为食，玉米芯、地瓜蔓、柳树叶也吃了不少。我五六岁时，就挎着小筐，和村里的孩子一起挖野菜。母亲择洗野菜的时候，不时挑出一两棵鲜嫩的野菜，夸奖我几句，然后，像描绘共产主义理想一样展开她的美食想象，包水饺吃，皮薄馅嫩，咬一口，可鲜啦，鲜得连眉毛都快掉下来了。母亲年轻时很美，眉毛又黑又密，宛如洪沟河岸畔的草木映衬着晶莹剔透的流水，我相信，在母亲心里，世间所有美好的事物都有它清晰而稳定的倒影。

那一个春日的下午，或者黄昏，母亲在院子里择野菜。我像一只蹦蹦跳跳的小鸡，一会儿用手指头把烧火棍在手心里转成金箍棒，一会儿身披破麻袋一瘸一拐地作乞讨状。母亲低头看了看一地的野菜，又看了看满院子疯跑的儿子，沉思了好大一会儿，像突然做了一个重大的决定，她拎着一棵窄叶细茎的野菜，朝我晃了一下，又晃了一下，我就像一只温顺的小狗，贴在了母亲身边。母亲的眼睛里流动着温润的水色，嘴角往外一咧，一张黑瘦的脸笑成了一朵灼灼的莲。"孩子，你知道它的叶子为什么掐不齐？"我的头摇成了货郎鼓。母亲把手里的鸡眼草递给我。我掐了一下，不齐。又把草叶平铺在地上，左手摁着，右手大拇指指甲像切菜刀一样划过，还是不齐。我捧着它的叶子，看了一会叶面，又看了一会叶背，右手食指停在了叶的中脉上，然后，顺着叶筋左一撇右一捺地比划着。母亲一脸的郑重："一撇一捺，是个人字，掐不齐也叫人字草。人字好写，人这辈子应该学掐不齐，不能像光滑的鹅卵石，没了棱角，没了个性。"母亲看着天，像是自说自话，空荡荡的天，没有云，也没有鸟。说完这些话，母亲收回她的目光，盯着我的脸："听明白了吗？"我似懂非懂地点了点头。"其实，每一棵草都有它的个性。"母亲又补充了一句。

我长大以后，比母亲给我讲人字草的年纪还大了，读了许许多多关于草的文字，都不如当年的母亲讲得生动，讲得朴实，讲得入耳入心。母亲只上了四年小学，但是，她懂的文化比我多，见的世面比我大。外祖母的突然离世，迫使母亲辍学，洗衣做饭，锄地拉车，十三四岁的她成了四个弟弟和一个妹妹的母亲。冬天，木叶尽脱，飞鸟敛迹，母亲和她的弟弟妹妹们躺在炕上，不吭不动，减少体力的损耗，以对抗饥饿的噬咬。树上挂绿叶、地里长青草的季节，煎槐花饼，熬野菜粥，馇青菜豆腐，母亲总能烹饪出可口的饭食，热气腾腾地端给她的弟弟妹妹，多年之后，她撮着嘴唇，边走边轻轻地吹着碗上的热气，端给她的丈夫孩子。

母亲不在的这些年，我每年春天都去城郊的田野挖野菜。当然，田野里还有其他人在挖，他们想吃的也许是春天，是情调。唯独我，慢慢地向童年退去，退回故乡的河畔，退回母亲健康活着的那些年。我挖了野菜，择净，淘洗，凉拌或者煮汤，端给我的女儿。味微苦的菜，譬如鸡眼草，放进沸水锅里一焯，热的气赶跑苦的味，再捞到凉水盆里一激，菜的鲜就给激出来了。这是母亲教给我的，有一些"不经历风雨怎能见彩虹"的味道。鸡眼草的嫩茎叶沥干，切段。烧热油锅，以葱花引爆一锅的香气，投入嫩茎叶，煸炒，复以精细盐点睛。这样的一盘野蔬，吃起来满口鲜嫩，一种可触摸到的乡野的风味。

　　挖野菜累了，我也玩小时候的游戏，掐鸡眼草的嫩叶。掐啊掐，手指掐疼了手指，草叶的断口始终是人字形。叶的中脉以及碎叶嫩得吹弹即破，可是掐不齐它，固执得很。野草都有它的个性。在喧喧嚷嚷的人群中，一个内心单纯表情天真的人，往往有他坚韧的个性。

猫眼草

　　植物是一部大书。看得多了，突发奇想。《诗经》和《红楼梦》讲的其实是一件事：植物和女人如何在最灿烂的华年里获得自由生长的最大值。前者吟唱一些静女一般的植物，后者歌咏一群艳若桃李兰心蕙质的女子。在这两部传世经典里，植物和女人一样的娇艳，一样的美丽。以植物喻美人内化为一个民族崇真尚美的文化心理。

　　美有很多种。杏眼桃腮之美在于其娇艳妩媚性感。也有一种美，清新舒爽，叫人如饮甘醴，如沐清泉。比如："女儿生来芥白，面胜樱桃，发似泽漆，齿如百合，腰若柽柳。"芥白是山蒜，山地干燥处活跃着它的身影。柽柳，也称三春柳，多生于盐碱地沙荒地。至于泽漆，河畔沙丘山坡林缘到处可见，它就是如邻家少女一般再熟悉不过的猫眼草。

　　猫眼草开绿花，卵形，花的外缘是深沉的碧绿，向里是浅浅的嫩黄，宛若四围栽了绿树的一池清水。奇异的是，猫眼草没有花瓣儿，花萼中央有一个金黄色的圆盘，形状像极了小猫水汪汪的大眼睛，我们这里的人喊它猫眼草。泽漆这名字文绉绉的，那些饱读经书的人都喜欢这么叫它，语气里满含着对个体价值的赞许。陶弘景《名医别录》：泽漆，生太山川泽，三月三日、七月七日，采茎叶阴干。李时珍《本草纲目》：今考《土宿本草》及《宝藏论》诸书，并云泽漆是猫儿眼睛草，江湖原泽平陆多有之。泽漆，强调的是一种家族归属感和认同感。水流潺湲水草葳蕤之地，矗立着人类最原初的屋顶。东朱耿，一个河畔村庄的诞生，我更沉溺于这样的想象：先人们流浪到洪沟河南岸，歇脚，一低头发现了河水里清晰的面容，转身南望，从草木的繁枝密叶上望见了家族遥远的未来。先人们在洪沟河以南四五里的地方建造村庄，以此表达对植物的尊重和礼让，让洪沟河高高的南岸延展成村庄巨大的手臂围拢着庄稼和野草。哪些植物可以吃，哪些植物可以熬汤药，哪些植物可以编蓑衣编筐笼，哪些植物有毒。这些对植物的朴素认知一代代承传下来，成为村庄最丰厚的一笔遗产。

猫眼草的"漆"有毒，确切地说，是鲜茎嫩叶被折断时流出的白汁有毒，白汁的颜色性状皆类似漆树韧皮部割取的生漆，猫眼草又叫漆茎。猫眼草的茎有些马齿苋的样子，基部分枝成丛，紫红色。叶互生，长得很像苜蓿叶，看上去犹如一些小汤匙舀了满满当当的绿。洪沟河岸畔的猫眼草长得鲜嫩水灵，尤为打眼，就像如雪如瓷的水乡女子，穿了绿罗裙，挺着她细长红润的玉颈，临水照影，别具风情。这样的一株植物，无论你坐着看，还是躺着看，看久了，你的目光都会流成清澈的小溪，哗啦哗啦，流入一大片清澈的绿里。若是莽撞少年唐突了它的叶，惊扰了它的枝，它的盈盈泪即刻凝为冷的冰雹，让他手肿、眼疼等。我们小时候都叫它肿手棵，就像把惹不起的女生私下里呼为小辣椒一样，不敢主动找虐。

我们这里有句俗话，"三岁看大，七岁看老"。我三岁的时候，父亲在地里扛活，我在地头上扯一些毛谷英，喂食三瓣嘴的小白兔。七岁那年，我自己牵着一丈多长的牛缰绳，把大牛从家里赶到洪沟河的河滩上，又从河滩牵回家里。我们这些乡村的孩子有一个统称，叫"小放牛"，外村人打招呼时大都这么喊，那个牛字喊得特别响亮，犹如湛蓝的天空滑过一声清脆的鸽哨。洪沟河草肥水美，牛有腿有嘴，倒是我们这些孩子被牛缰绳拴着，趔趔趄趄地跟着牛走，如其说放牛，不如说牛放牧着我们，我们因此认识了许许多多的青草。就说青草流出的白汁吧，让人想起母亲哺育幼儿的奶水，亲切得很。苦菜的白汁是苦的，黏附在手上，成了黑黑的斑点，怎么也洗不掉。蒲公英略带苦味的乳白色的浆汁一流出来，马上就会长出一些小舌头，舔得如痴如醉。唯独猫眼草的白汁，碰不得也。苦菜、蒲公英、猫眼草都有一个共同的乳名，叫奶浆草，洪沟河的乳汁奶大的三种野草。这断之流泪的草，叫人想起那些梨花带雨惹人怜的女子，一株林黛玉，一株香菱，还有一株陈晓旭。

大抵流泪的草该有一个凄美的故事吧。猫眼草的美，担得起一个传奇，一个像曹雪芹笔下的绛珠草一样的爱情传奇。曹雪芹写《红楼梦》，从一棵仙草与一块顽石的相遇打开惊心动魄的生活，将人性和命运演绎得荡气回肠。我也有贾宝玉一样的奇遇，我的奇遇不在通灵仙境，而在草木葳蕤的洪沟河南岸。《红楼梦》第一百一十六回："只见微风动处，那青草已摇摆不休，虽说是一枝小草，又无花朵，其妩媚之态，不禁心动神怡，魂消魄丧。"如果单看这华丽的汉语，我觉得大清才子的描述与故乡的猫眼草达成了一致。且不说猫眼草袅娜纤弱的丽影，且不说风吹茎叶的沙沙声，单是它似花非花似叶非叶的奇异之美就让人目瞪口呆。

由于个体生命的执拗，我们发现，猫眼草接受叶片营养的花朵拒绝红艳艳金灿灿的装扮，而与叶片保持着相同的颜容，清丽脱俗，但叶与花流露出的幸福感是不同的。草茎的顶端轮生五枚叶状苞片，与茎生叶相似，但大了许多，结构成一泓绿波荡漾的大湖。清澈湖面上有小茎五枚宛若水草探出柔嫩的脖颈，这小茎叫伞梗。每伞梗复生三个小伞梗，每小伞梗又分两杈，细小的花开在枝杈上，青绿色，其下复有小绿叶托举，看似繁复芜杂，实则齐整如一。猫眼草的每个生长细节都流露出镇定、自如、青绿色的沉默和无比幸福的表情，并使之铺陈，层递，从容地撑开一把碧绿的大伞，呼应着湛蓝的天空。

一个名字就是一段故事。许久以来，人们就发现了猫眼草的奇异美丽。当人们试图将这悠然的绿云、欢乐的福祉或者天堂的倒影复述出来时，他们觉得这故事是不可言传的，于是，人们将无限深情寄存在关于猫眼草的一些芳名里。五朵云、五盏灯、凉伞草、五凤草、五凤灵枝，这些名字包含着人们获得幸福巅峰体验时的表情，以及分辨晨曦与星光之气味的信心。他们是踏着五朵祥云的王子和公主。

有一种制漆工艺叫泽漆。以脱脂棉蘸一种叫提庄漆的上等生漆，在漆面上反复画圆圈，像轮生五叶那样排列而成的圆圈，处处擦拭。俟漆阴干，复以手掌蘸植物油拌细瓦灰磨擦漆面，再三推光，使之光亮如镜，润泽如玉。这精密细致的活儿通常由美丽的姑娘完成，她们有耐心，还有一双细嫩的玉手，宛若对生的两片叶子，而热气腾腾神采奕奕的生活就是从这里向我们展开的。

中草药名入诗入谜，自古有之。猫眼草全草入药，有镇咳祛痰散结拔毒之效。民国十三年中秋，福建人谢云声撷拾所记，辑成《灵箫阁谜话初集》，书中有这么几句："甲都转写（五方草），比坐拥于书城（百部）；乙夜喧传（都念子），得齐飞于翰苑（五凤草）。"慢慢读，回想你过去打拼的生活，回想故乡草木沉默的枝叶，我们不难发现，这几句谜话述说的是谜一样的生活，寒窗苦读，衣锦还乡，而一种叫泽漆的植物就是美丽生活的模样。

立夏
王瓜生

立夏有三候：初候，蝼蝈鸣；二候，蚯蚓出；三候，王瓜生。三候，前两候均是动物，第三候是植物王瓜。这立夏看上去像是一出大戏，天作幕布，地为台。立夏日，声声蛙鼓开场。万千蚯蚓衔枚疾走，不闻行军之声，但见土地上涌现许多卷曲的小城堡。万众翘首以待。夏天的王终于出现，他长长的手臂一伸，绿色便占领了整个夏天。

一候是五日，三候为一节气。立夏之后，等候一种植物的出场是那么漫长。这候，是时间的刻度，千年不更，保持着古老的速度，春天是桃花灼灼之容，冬季有白雪飘飘之姿。这候，是等候，是人们的眼睛里蓄满憧憬，等候土地上从不爽约的客人，年年如是。花木管时令。樱花盛开的春季，日本人叫"樱时"，这时节，很多感官为樱花而生，人们守在春夜的樱树下，或饮酒唱歌，或默然静坐，等候花开黎明。

立夏时节，绿色植物漫山遍野，掌管时令的只有王瓜。立夏王瓜生，"王瓜不生，困于百姓"（《逸周书·时训》），王瓜确立夏的帝位，它的生坚定着人在大地上生活的信心。这种植物配得上王瓜这名字。李时珍给王瓜开了一份户籍证明，言其祖籍鲁地平泽田野垣墙篱院，根作土气，果实像瓜，曾用名土瓜。鲁地的土瓜多得去啦，西瓜南瓜苦瓜甜瓜面瓜香瓜都是土生土长的瓜。对于王瓜，李时珍很是咬文嚼字："王字不知何义？"（《本草纲目·草七》）东汉经学大师郑玄特别指出："四月王瓜生，以为菝，殊谬矣。"菝的茎高达两米，地下根作土气，入药，其果橘红色，像豆。我想，我的这位同乡弦外有音：鲁地千里沃野万里平畴，我们一眼就能看见它，它有它的特异之处，是殊于众生的一种植物，它是王瓜。王，是植物在大地上的地位；瓜，是人类的象征，人不过是植物的茎株结出的果，离开了植物，人类就是无根之果。

瓜田李下，自古就是人类的文明之所和教化之地，生王瓜的北方大野是厚实而博大的，这厚土成就着大地。立夏时节，阳气渐长，遍及大地的沟沟坎坎，万物感阳气而出，若是有瓜果顺时而生，熟时为夏之色热的赤，盛夏大地发光体之一种，此物当为王瓜。犹如受难的耶稣，王瓜生长在故乡的灌丛林缘路边，"王瓜未赤方牵蔓"（宋·梅尧臣《醉中和王平甫》），作为葫芦科多年生攀援草本植物，它细弱的藤蔓或匍匐在地，或攀住它物，一节一节地牵出一些阔卵形的叶，互生，叶基深心形，叶端有尖，状若马蹄，藤蔓执著地向前挺进，大叶做了留守部队，且叶下生出一根细细的卷须，可别小看这弯曲的细丝，它上墙爬树，攀岩走壁，无所不能。大叶小须，王瓜预见到前路的艰难坎坷，它的行进方式由此非常独特。藤蔓摸索前行，遭遇未知的命运，就在叶下生出一些抓手，抓紧干硬的枯枝，枯枝即为它前进的推手；攀住僵硬的石块，石块就助力它的攀援。王瓜善假于物也，全赖这卷须，如此藤藤蔓蔓地向四围拓绿，往高处挂果，最终形成一个葱绿繁茂的群落，一个源远流长的夏天。

王瓜五月开花，整朵花犹如一支长号，为盛大的夏天排演着新的节庆。它有一个长长的绿色花萼筒，喇叭形，托举着黄色花冠，花冠有长圆状的裂片，裂片还饰有极长的丝状流苏。花是果美妙的序曲。王瓜的果很小，李时珍说它像罣子，色赤，故俗名赤罣。天哪，王瓜的瓜是世界上最小的瓜，和大红枣倒有一比，和我们常见的瓜相去甚远，在我们那儿，都叫它马飑瓜。但是，小瓜果里有大气象。王瓜的惊人之处在于其色赤纯，为阳盛之精华，横切，两半球颇似小帽，内有赤罣子累累相连，其子味苦性寒，入药，有清热生津消瘀通乳之功效。其根更为奇妙，纺锤形，极肥大，可作蔬食，煮汁饮汤，味同山药。如果想对王瓜好一点，可与红枣配搭，煮粥，红枣健脾养颜，王瓜有补益之功，可谓绝配。东晋葛洪对富有创造性的王瓜推崇备至，他的《肘后方》卷帙不多，可悬于肘后携带，书中录有土瓜根捣末治面上生黚一方例，浆水和匀，入夜洗面，涂药，旦日清洗，如此，"百日光彩射人，夫妻不相识也"。植物秀面，古来有之。如今，爱美的现代女性煞费苦心美容养颜，面涂之厚厚脂粉，稀里哗啦往下掉，却不知王瓜为何物。

王瓜好，风景旧曾谙，藤蔓生瓜红胜火。今日之鲁地，王瓜的领地只剩下残砖片瓦，如同一个王朝的衰落，而西瓜黄瓜甜瓜同时上市，季节的版图一片混乱。催熟剂助壮素的使用，源于人类的虚荣心和贪欲，反季节出场的瓜果自是蔬果之贵族，没了天然本味，却有天价。如果你说王瓜，说它忠于节气，对方会认为你口齿不清：不就是黄瓜嘛。黄瓜一名胡瓜，是西汉张骞出使西域时带回的，"胡"字打头，强调的是原籍。不知是某些文人植物学知识匮乏，还是强拉硬扯，把夷狄之瓜往《礼记》里的王瓜上贴，胡瓜后来又名王瓜，有攀龙附凤之嫌。"荐新菜果，王瓜樱桃，瓠丝煎饼"，清人潘荣陛在他的《帝京岁时纪胜·时品》里大品的王瓜即黄瓜。"弱藤牵碧蒂，曲项恋黄花"，吴伟业的《咏王瓜》歌颂的貌似王瓜，实为黄瓜，结句居然是"齐民编月令，瓜路重王家"，让人狂晕。吴氏亦是清人。市场上到处都是瓜，苦的甜的圆的方的齐刷刷亮相，唯独没有了王瓜。背离节气的瓜果很是光鲜夺目，看上去更像是一堆一堆的幻象。

忠于节气和土地，守候王瓜生，就是顺应自然的节律，在漫长的静夜里等待一次美丽的日出。

牛蒡花开

牛蒡的名字有些古怪。识者知是植物，不识者以为是牛的某个器官。它在鲁中农村还有一个更古怪的名字，叫恶实，喻其果实难看且遍布尖刺。我在农村长大，小时候从未听说牛蒡可作菜蔬。

牛蒡花也古怪得很，看花形像圆溜溜的果，果球顶端却蹿出一条条细细的线，紫色的，聚拢成伞房状，如同小小的喷泉升至半空形成的花雨伞。干活的农民都躲着它的，它的花苞花梗都有针刺。生活在一个不被打扰的地方，牛蒡无忧亦无惧，专心致志在漆黑的孤寂中壮大它的根系。

牛蒡和高粱一样，茎和叶憋足劲儿，把花托举到高处，让花儿无遮无掩地沐浴阳光的温情。牛蒡的花如同出水的荷，站得越高，它在水中的倒影就越长。这不是美化牛蒡的形象。过度的美化是遮蔽，是对本初之物的歪曲。我只是如实陈述这种紫色的奇迹。有农民拿一把铁铲，铲了铲牛蒡四围的土，然后弯下腰去，一双五大三粗的手就去拔，牛蒡在他手里就像深水的莲藕一样慢慢浮现。待他把牛蒡和一脸的憨笑举起来，在阳光下晃了晃。我们惊奇于他手腕力度的控制和牛蒡茎株犹如钻井一样深潜的勇气：牛蒡表皮淡褐色，有一米多长，粗细和擀面杖差不多，外形酷似山药，但比山药硬气了许多。

这就是吾乡安丘牛蒡。它形状笔直，粗细均匀，妙在持其一端，尾端像牛尾一样轻轻摆动，优雅的弧线如同溪水绕过一朵睡莲。这样的牛蒡口感紧致而又鲜嫩，多种营养素均未流失。牛蒡做菜，最简单不过。牛蒡炒肉，牛蒡切丝，细细长长的，一箸入口，爽脆鲜美。切块，可炖鸡，牛蒡块软而不酥，嚼之有异趣。

吾乡牛蒡按压不变形、质硬而尾端轻摆，以制牛蒡茶恰到好处。选料之精细，做工之考究，不啻于雕刻一块稀世美玉。吾乡牛蒡是一棵向下生长的树，它积聚的泥土的芬芳，必将劈开我们的味蕾，执拗地萦绕舌根，宛如不绝如缕的乡愁。

刚出土的新鲜牛蒡制茶，是断断不可的。它们如同初出茅庐的小青年，有一股青涩味儿。霜露既降，木叶回归泥土，而牛蒡始见天日。它们却如万里赴戎机的士兵一样，奔赴冷藏车间，在三个月的孤寂时光里，悄悄把体内的菊糖转化为葡萄糖。这种改变是不露声色的，如同一个向善的人因美的思想的注入而内心温柔。

牛蒡制茶以中段为最佳，犹如捕捉味道的酿酒人的看酒花摘酒，去除牛蒡首尾两端，清水浸泡十分钟，再以刀背刮除牛蒡表皮，切片，置于阳光下晾晒。时令已届惊蛰，地气上升，万物苏醒。好时光在一排排晒盘上盘桓不去，太阳温热的手和春风温柔的手不知疲倦地轻抚着其上的牛蒡片，空气中飘荡着一缕缕的草木香。

美食如同艳遇，如同彼此交融的爱情。比如鲁菜的爆锅。香葱投入热油里，香花骤然盛开出一个芬芳四溢的空中花园。

比如牛蒡菌丝茶的制作。晒干的牛蒡犹如《诗经》里那个站在水边手捧兰草的大男孩，等待一次怦然的心动。金花貌似邻家女孩的名字，实则名为冠突散囊菌。制茶人喜欢称这种显微镜下色泽金黄、形如蘑菇的真菌为金花。它们的交融是缓慢而持久的，是相濡以沫，朝夕相安。在恒温室，牛蒡完成了它的朴素转身，成为培养基，做梦的时候都盼着通体开满金花，就像春天的连翘、秋天的菊花。开出金花的牛蒡，再经烘干烤制，牛蒡菌丝茶乃成。

牛蒡要开多少次花，才配得上它平静而坚韧的一生。当沸水注入，牛蒡又开花了，一朵一朵的香花。观其汤，金黄透亮。入口鲜醇滑润，回甘深远。缕缕迷人的香味缠绕在鼻翼，在舌尖，犹如永难忘却的相思。

丝丝缕缕的牛蒡丝入口脆嫩，宛如吾乡池塘边晃动着的丛丛芦苇，让人神清气爽。精工细作的牛蒡菌丝茶投入水中，搅动着味蕾和乡愁，恍若小小的蝌蚪逗留美丽的湖光水色，继而，河水新涨，蛙声十里。

亲爱的土豆

土豆是穷人的面包。土豆对生长条件要求不高，给它一块土坷垃，它能结出一嘟噜的金蛋蛋，这一点和生活在底层的穷人很相似。土豆顶生一朵朵的白花，根在地下结圆鼓鼓的果实，这像极了穷苦人家煮饭的场景，那一缕炊烟就是低矮的屋顶开出的乳白的花朵。

伟大的画家梵高有一幅油画，叫《吃土豆的人》，画中低矮灰暗的房屋，叫人想起土豆常年不见天日的生长环境，如土豆一般灰头土脸的一家人正从盘子里抓起热气腾腾的土豆，梵高说："他们诚实地自食其力。"那一张画布所留住的土豆的蒸蒸热气，已是人间不灭的光源，最为暖老温贫。

我童年的时候，吃过这种穷人的面包。那个年代，粮食奇缺，就挖野菜捋树叶，只要能入口的，就往肠胃里塞。若赶上土豆的成熟季，随父母去菜园里收土豆，看着土豆三五成群地从土里跑出来，圆鼓溜溜的小脑袋摆出一些小可爱，我们就蹦过去，把它们捉进蛇皮袋里。干活累了，就挑几个小土豆烤着吃，干柴秫秸一着火，热气一上来，土豆的丝丝香气就擦着人的鼻尖尖往四下里飘，我们张大鼻孔，贪婪地吸着，不时用木棒拨弄一下柴火，再翻动一下土豆，使其均匀受热，待香气一团一团地往外冒时，生土豆就烤成香面包了。烤土豆要趁热吃，妙在一边剥皮一边吹着热气，咬一丁点儿入口，烫得嘴唇发慌，直往舌床上赶，舌尖一搅合，香甜满口，赶紧把嗓眼处压住，让美味在口腔里多留一会。这些小的土豆收回家，母亲削去皮，一切两半，做一个清蒸土豆块，出锅前撒一把盐，吃时一人一碗，埋头吞食，到最后满头大汗直打饱嗝。个大的土豆储存起来，留待日后变着花样吃。小麦减产，可土豆大丰收了，把清苦的日子过得如此香甜美好细水长流，是穷人的智慧，也是土豆的恩惠。

须提醒的是，土豆烤蒸煮，吃时必须去皮。这些年，我家炒土豆丝炖土豆块，都是用废弃的玻璃片先刮净表皮，久而久之，那碎片就成了一种厨具，一旦寻不着，就会怅然若失。土豆含有的毒性生物碱多集中在外皮，发了芽的土豆一定先把芽和芽根挖掉，再用清水轻柔地软化它的那些坏脾气，煮炒时旺油热火，如此一番热烈真诚的表白，土豆就把它的甜香软嫩献给懂它爱它的人。

如果提高一下土豆的待遇，加入牛肉同煮，叫土豆烧牛肉，是一款世界级的名菜，也是俄国人幸福生活的标志美食。土豆鲜香绵软，入口即化，牛肉醇香可口，极有韧性，二者交错入口，口感层次极为丰富。可是，这原产南美洲安第斯山脉的土豆被引种到欧洲时，没人食用它地下的果实，原因很简单，它的生长向下指，指向的是地域。我知道阴曹地府对迷信鬼神的中国人是一个震慑，让其一生都行善积德，没想到蓝眼睛高鼻梁的西洋人也如此弱智。土豆成为世界性的食物首先得益于穷人。穷人居于穷乡僻壤，上层社会的意识形态即使辐射到那里，也是微弱的。穷人命硬，中了小毒，迷糊一会就好。爱尔兰的穷人在饥寒交迫之时，毫不犹豫地选择土豆作为主食，由此远离饥饿疾病的地狱。穷人的身体里住着一个叫土豆的神。其次，土豆的推广者也功不可没。有个叫帕尔芒捷的法国药剂师在巴黎郊区栽种土豆，还别出心裁地把一束鲜艳的土豆花送给法国王后玛丽·安东诺特佩戴，让美丽尊贵的王后成为土豆的形象代言人。

土豆，学名马铃薯，茄科一年生草本植物，它地下的薯扁圆形，很像西南马帮的马铃，洒下一路马铃声，生长一片葱郁的风景。十七世纪，土豆成为欧洲重要粮食作物，最鄙视土豆的法国人也改称它为"地下苹果"，而不再叫它"猪的面包"。明朝时，中国始有栽培。我们看着它的小模样像极了本土的芋头，就尊称它为洋芋，叫着叫着，就有了昵称爱称。把无限的爱恋珍惜以及种种深情厚意浓缩在一个亲切的称呼里，这是咱们中国人的一种表达方式。譬如，我的女儿叫小雨，她十三岁了，我私下里喊她小狗，她妈叫她小宝。土豆呢？在我们山东这里，它的通俗叫法是地蛋，听上去特朴实，特真诚，地里长出的宝贝蛋。山西人则管它叫山药蛋。山西人说话很有韵味，尾音上翘，说山药蛋的时候，到最后嗓门完全打开了，但声音不高，犹如一朵白云在黄土塬上飘啊飘。南粤的男人叫靓仔，土豆呢，叫薯仔，靓仔薯仔，就像亲亲热热的一家人。

我觉得，中国人是最懂得土豆的。荒年时，土豆的香气涌进苦涩的生活，犹如糟糠之妻疲惫的脸上开出一朵香甜的笑容，使人活下去的信心异常坚定。丰年呢，我们追求土豆的色香味形俱佳，讲究一个吃的艺术。社会的安定和经济的充裕无限可能地丰富着食物的美味。从中国饮食文化的发展来看，我们对土豆有着真诚而绵长的感情，把一盘清炒土豆丝做得香嫩鲜脆，百吃不厌，又把对生活的崭新体验凝聚成一道道创意非凡的土豆菜谱。土豆切成的方块、圆片、细丝等美好形貌，足以引领我们从生活的琐碎走向深层的文化思考和审美理想。

清炒土豆丝是一道传统的家常菜，家家都会做，一旦处理不好，味道就会大打折扣。清炒求的是清鲜脆嫩的本味，手工切丝至关重要。以前的厨人练习刀功，就挑一个圆不溜丢的土豆，横刀切薄片，再切细丝，且粗细均匀，长短一致，熟练之时，但闻刷刷有声，细雨纷纷。切好的土豆丝用清水浸泡，去一些淀粉，润一层脆白。然后，热油起锅，倒入土豆丝，快速翻炒三分钟，加入精盐陈醋，拌匀，即可装盘。如果出锅前撒一些葱丝，黄瓜条或香菜段亦可，其味更加爽鲜，且视觉效果奇佳。若喜酸，出锅前劈头盖脸一勺醋，就是醋溜土豆丝。嗜辣者可在油热时以干辣椒段爆香，这一款辣炒土豆丝鲜脆咸辣，快慰口舌。亦可分两步走，做一道凉拌土豆丝。把土豆丝投到沸水里一焯，再以冷水一浸，沥干，盛盘。再烧热花生油，投入红辣椒段，炸至微糊焦香，淋在土豆丝上，加盐少许，拌匀即食，吃在嘴里的土豆丝香辣鲜脆，唇齿间咯吱咯吱在响，自己听着也是一种享受。

切丝如工笔，浸泡是润色，翻炒则为大写意。土豆丝想怎么吃，全随自己的意。清炒土豆丝走的是精细的路子，如一曲江南丝竹，流畅清丽，优雅细腻，有着清香淡远的韵味，白玉盘里盛着的分明是江南的青山秀水，丝雨飞花。土豆含有丰富的维生素、优质纤维素以及脂肪、氨基酸、蛋白质、优质淀粉等营养元素，切丝漂洗，会导致淀粉等营养素的流失，土豆洗净，去皮，切成滚刀块，下锅焖煮，可保住淀粉，亦可领略土豆柔和酥软爽口的个性魅力。

土豆块焖炖煮，做法简单，尤其适合像我这般舞菜刀挥铁铲的厨人，手起刀落，将去皮的土豆斩为不规则的几块，茄子不去皮，用手掰，块头略大于土豆块；热油旺火，以葱丝姜片炝锅，噼里啪啦，倒入土豆块翻炒，炒至金黄色，半空里再落一阵茄子的雨点、酱油的雨线，来一个以紫间黄，以鲜烩嫩，待土豆用锅铲角尖一划即开，加盐，锅铲如帅旗，锅里锅外挥舞几下，一盘土豆炖茄子大功告成。整个过程如闻山东大鼓，嘣一嘣嘣一嘣嘣嘣，击鼓开场，又以锅铲作板，板起板落之间，咬字准，落音重，令听者热血沸腾，激情飞扬。

如果想让味道再丰富一些，可尝试一下东北名菜地三鲜。土豆、茄子、青椒均为块状，这叫和和睦睦一家亲。然后，它们都要走一趟油锅，各走各的，土豆块通体一片金黄，茄子块切面焦黄，最是青椒可爱，跳进蹦出，不过眨眼之间。锅内留油，姜片蒜末爆香，倒入酱油陈醋白糖，烧至粘稠，土豆茄子青椒结伴回锅，翻炒几下，盛出，装盘。

那日在一家粗菜馆，一个倒煤的小老板一见地三鲜就大呼小叫，说那个味道啊，鲜得让人呱呱叫。菜一上来，七杈八股，好几双筷子就忙得不可开交，看上去就像一群武林高手在用筷子比试武艺。这一出三鲜演义，其味新奇饱满，可谓咸鲜香辣有点甜，腴嫩软烂很适口，还能开胃健脾，那还说什么呢，吃它个盘底朝天吧。

如今下馆子，点一盘清炒土豆丝，即可看出店家的美食品位，机器切的丝看似完美无瑕，可土豆的口感给破坏了。无论盛宴便餐，土豆也是一个角儿。当下推出一道新菜，叫大丰收，亦可充饭。土豆肯定要出场的，其他的还有花生、山药、玉米、芋头、紫薯等，谷类薯类豆类热热闹闹融融泄泄地齐聚圆桌，有喜气，也有田园风味，是一种很有怀旧感的食物，一旦沾唇，就叫人眼窝发热，内心发颤，想起给土豆起垅培土的父亲，想起一边烧火一边咳嗽的母亲。

美食总是童年的好，烤熟的土豆有泥土的清香，也有阳光的芳香，那是一种故乡的味道，它激活的是童年的味蕾，打开的是香甜的新世界。如今的孩子喜食酥脆爽口的美味薯条，却不认得灰头土脸的土豆。还有一种零食，叫"呀！土豆"，"呀"一张口，一根薯条喀嚓一声，又香又脆，记住了，这叫土豆。

中国关于土豆的记载，最早见于《植物名实图考》一书，清人吴其濬所著，书中云，黔滇有之，疗饥救荒，贫民之储。土豆耐贮存，可至次年秋。这些朴素的土豆，这些安静的土豆，它们就堆在厨房的角落里，细细地端详，你会发现，它们绝不雷同，各臻其境，异彩纷呈。有的像卧佛，慈眉善目；有的似顽童，呆头呆脑；有的如智者，若有所思。看着看着，你忽然觉得，它们是一群故乡的雕像，有圆溜溜的月亮，有粗胖胖的草垛，也有傻乎乎的你。你觉得，这是一堆叙事性的土豆，它偎着墙角，借着美味，讲着大千世界的故事。质朴的叙事，温情的话语。啊，亲爱的土豆。

小满见三鲜，是我们这里的习俗。小满这天，慷慨的大地要摆一桌三鲜宴，隆重庆祝小满这一盛大的节日。王母只道蟠桃鲜，哪晓人间有盛宴。豌豆、小麦、樱桃，这些天生地长的植物，一起用绿叶嫩果向盛大的夏天致意。

小满时节，小麦芒纤纤叶青青子嫩嫩，丰收在望，一穗青麦的清甜爽鲜，激活人们的味蕾，舌尖即刻提炼出一个金黄而饱满的梦。"我行其野，芃芃其麦"（《诗经·鄘风》），麦穗初齐，沃野千里，尽是农耕文明的天堂美景。樱桃色艳味甜，唇齿轻触红玉，舌床上就流着一条甘露的河。樱桃好吃，"羞以含桃，先荐寝庙"（东汉·崔寔《四民月令》），心怀敬畏，以大地的馈赠供神享先，实乃人类古老而朴素的生存之道。

至于青绿鲜嫩的豌豆，它在小满时节出现，其意义自然非同一般。豌是豆苗，柔弱弯弯，豆是嫩果，其色青青。豆在豌上生，豌豆有着骨肉相连的亲情之美和孕育之息。它是一种信守承诺的植物，知时节，顺应自然，豌豆鲜绿圆润，时令正小满。它是小满的，吃在嘴里，内心满满当当地塞实了一个信任，对节气和土地的信任。

小满的当令蔬食，首推豌豆。绿嫩嫩的小麦长大了才叫粮食，才能蒸成白花花的馒头。樱桃晶莹美丽，如凝脂，似珠玉，其味甜中含酸，更适于回味和想象，仿佛一次美丽的相遇。唯有豌豆，可作时蔬，亦可为饭食。豌豆荚长椭圆形，如美人指一般长，且有肉感，比麦穗略短；其果圆球形，有些樱桃的样子，果肉腴嫩，不输樱桃。还是古人有眼光，细端详，豌豆荚形如眉目，入夏食豌豆，有祈祷眼睛清澈无疾之人间美意，由此演变为民间的一种饮食文化。美眉之媚得益于豌豆之形，广告语自古就有，它出自《诗经》："巧笑倩兮，美目盼兮。"食豌豆美目祛眼疾一说，有今日之科学做支撑：豌豆富含维生素A。盐水豌豆益中平气，减肥瘦身。把鲜豌豆置于淡盐水里浸泡一会，入锅，加茴香葱姜清水，武火煮沸，转文火慢炖，煮熟即可食用，味道鲜甜酥软之中带有香辣，口感层次极为丰富。饥饿疗法减肥等同于酷刑。美眉们守着一个好身段和一盘鲜豌豆，轻启樱桃小口，可心地品味着鲜嫩，眼睛却伸出长长的豌豆蔓，曲曲折折地牵动着乡野上那一丛丛青绿，真可谓良辰美景四月天，赏心美食豌豆鲜。

豌豆是乡野的，豆科一年生草本植物。种豆得豆，是植物给予农民的坚实承诺。豌豆的鲜，与北方的气质有关。春二月播种，冻土都让绵绵细雨给润酥了，地气上升，豌豆生枝发叶，羽状复叶，是对北方光照充足的一种深情回应。豌豆到四叶期，清香鲜嫩，是有名的豌豆苗。这可是喂养过新文化运动先驱者鲁迅的豌豆苗呀。鲁家有两个女佣，均是老妪，买米下厨都是许广平一个人在干，不一会，她就端上三碗菜：一碗素炒豌豆苗，一碗笋炒咸菜，再一碗黄花鱼。素炒如同作文，但求一个真味，莫让荤腥夺了它的香鲜。热油起锅，投入拍松的大蒜，爆香，切好的豌豆苗下锅，速炒，顷刻变软，银勺舀少许盐，搅拌，但闻叮当几声脆响，绿翡翠上了白玉盘。整个过程一气呵成，如行云流水一般，一盘美味新鲜出炉，个中三昧，鲁迅先生自是深知。

豌豆清鲜腴嫩，让人齿颊留香，它的嫩茎叶味道一定错不了。信任植物，是古代生活的基本。"厨人进藿茹，有酒不盈杯"（西晋·傅玄《杂诗》），一杯酒，一首诗，一口豌豆苗菜汤，到底哪一种更醉人，哪一种更让人回味无穷。诗人品啖藿茹，咀嚼诗味，一咏三叹，咏叹的是美食，是生活，这叫美食文化。三鲜宴，翡翠汤，美食加美辞，更有文化气场。古往今来，中国人对"8"这个数字情有独钟，美食亦不例外。春色无边，时蔬娇嫩，南京春天的拼盘拼了"金陵春八鲜"，其中就有豌豆苗。六朝古都底蕴深厚，美食文化亦有独特品位。他们喜食的一道菜叫糖炒豌豆苗，称之下饭妙品。豌豆苗古称巢菜，亦名元修菜，美食家苏轼在诗歌里亲切地呼它"槐芽"："彼美君家食，铺田绿茸茸。豆荚圆且小，槐芽细而丰。"豌豆苗体态纤纤，俏丽俊雅，让大诗人的眼睛抢了先。豌豆各地均有种植，可春播，可秋种，亦可越冬栽培。"寒豆淘净，将蒲包趁湿包裹，春冬置炕旁近火处，夏秋不必，日以水喷之，芽出，去壳洗净，汤焯，入茶供。芽长作菜食"（高濂《遵生八笺》），妙法妙品都在古人那里，我们只需照着做，就好。

《遵生八笺》是古代的一部养生奇书，寒豆即豌豆。豌豆性平味甘，低脂高营养，富含蛋白质、各种维生素和膳食纤维，煮食时，加入花生、杏仁等富含氨基酸的食材，入口酸软鲜香，又极有营养，与脾胃最为相宜，为饮食佳品。煮食嫩豌豆好处多多，清朝大医王士雄在他的《随息居饮食谱》中总结为十二字："和中生津，止渴下气，通乳消胀。"豌豆碧绿养眼，清甜可口，可作配菜，有这样一位清纯少女作陪，那主菜更有精气神，一盘秀色，甚是悦目赏心。煮大米粥，米八分熟时加入鲜豌豆，搅拌，蒸煮，青白交融，妙在清甜甜的味道在滑溜溜的道路上跑，入口即化作鲜而悠长的清香。粥是家常粥，吃了还想吃的，才叫家常粥。

豌豆青，豌豆黄。豌豆黄熟以后，可磨面，蒸豆包，做豆腐。蒙古族喜食羊肉，族人忽必烈一统中原之后，饮膳亦有改善，元人将豌豆捣碎，去皮，与羊肉同煮，最是补中益气。清人也去皮，除去的是白豌豆的外皮，大火蒸煮，待豌豆软烂成糊状，加白糖拌匀，冷却后切块，叫豌豆黄。豌豆是白的，糖也是白的，却能生出奇妙的黄色来，这豌豆黄一定是人间妙品，难怪老佛爷慈禧百吃不厌。

植物之神奇，天地之厚爱，都落实在豌豆上。从茎叶到荚果，从鲜豆至黄熟，均可为蔬食。"刮鼓社"是金代演出地方小戏的民间小社团，元人王哲以之为词牌作长短句，有一首《刮鼓社》专门为豌豆敲锣打鼓，读来妙趣横生，别有味道："刮鼓社，这刮鼓食中拍。且说豌豆出来后，却胜如大小麦。便接著、五方颜色。青红黄黑更兼白。又同那五方标格。蒸炒煮烧生吃。蒸炒煮烧生吃。"

豌豆美，写豌豆最美的当推南宋杨万里的豌豆诗，其中有这么两句："翠荚中排浅碧珠，甘欺崖蜜软欺酥。"这里有一段美食佳话，杨万里招呼陈益之、李兼济二主管小酌，酒至微醺，陈益之指着桌上的蚕豆说："未有赋者。"请杨诗人即席赋诗。名篇既成，杨万里在诗题中予以强调："盖豌豆也，吴人谓之蚕豆。"如今的有些人，一写蚕豆，就挪移杨诗人的豌豆诗，张冠李戴，再说下去就是指鹿为马。豌豆的茎柔弱弯曲，种子圆球形；蚕豆茎株直立，四棱，中空，种子扁平，略呈矩圆形。豌豆蚕豆皆名胡豆。异物同名，这在植物那里极为普遍，再说，我们给植物起的名字，不过是人类的一种自我陶醉而已。《本草纲目》载："豌豆种出西胡，今北土甚多。"（李时珍《本草纲目·谷三》）

《太平御览》云："张骞使外国，得胡豆种归。"有人据此断定豌豆是张骞的手笔，大谬也。汉使张骞带回的是蚕豆。豌豆在秦汉之交就有记载，《尔雅》称它为"戎菽"。戎，西胡；菽，豆。豌豆是胡豆，它的茎蔓早在张骞之前，就顺着丝路蔓延到中土，以其爽鲜腴嫩，成为初夏美食之首选。经冬复历春，枝枝蔓蔓，拉拉扯扯的是一连串的美味。爱豌豆的人，有眼光，一年四季都有口福。

　　"七十者衣帛食肉，黎民不饥不寒"（《孟子·梁惠王上》），两千年前，孟子的中国梦是"天下平"，说得通俗一些，就是人人衣食无忧。空谈误国，实干兴邦，"五亩之宅，树之以桑"，孟子鼓励百姓种桑养蚕。先秦的五亩并不大，约合现在的一亩二分地，一种上桑树，那面积可就大得多了。一棵五层楼高的桑树，枝条随意伸展，很宽敞；卵形的桑叶一层一层地铺绿，让人觉得，每一片阔叶上都卧着一条胖乎乎的小蚕。小满见新茧，新衣服也不远了。芒种时节，桑树挂满一嘟噜一嘟噜的桑葚，甜里含酸，酸中藏甜，那感觉就像把樱桃草莓葡萄都含在嘴里，相近的相连的美味都品了一个够。

　　桑葚是童年的美食。瓜桃梨枣，谁见了谁咬。小孩子爬上别人家的桑树，大人撞见了也不见怪，只说，小心，别摔着。小孩子也不多摘，溜下树来，小嘴唇涂了一层黑黑的唇膏，特别可爱。桑葚饱满圆润，清甜若蜜，甚为爽口；纵横腾挪，敏捷的顽童犹如猿猴，手臂一伸，就摘下数颗紫红的珠玉，树下的男孩女童仰着头，脸上满是艳羡。这采摘之乐，鲁迅小时候也有别有一番体味。在童年的百草园里，鲁迅小心翼翼地躲闪着覆盆子长长的倒钩刺，去摘取那小珊瑚珠攒成的小球，吃起来又酸又甜，"色味都比桑葚要好得远"，但一个"远"字，其味就叫人长久地咂摸了。百草园里也有桑树，比皂角树还高大，鲁迅只用一个短语，"紫红的桑葚"，红得发紫的桑葚就在高处，贪吃的小孩不觉间嗛着伸到嘴里的一根手指，此等美味，鲁迅一定不会错过。

麦子黄时桑葚熟。桑葚的成熟如同麦子，颜色的变化体现着生命的成长。起初是青色，春天的底色；然后慢慢转为青白，麦子软嫩可食，桑葚坚硬如狼牙棒，其味酸涩；麦子熟了，一个比喻就够了：大地遍野黄金。熟了的桑葚色彩斑斓丰盛，红里透着紫，那紫渗进艳艳的红里，把长圆形的果实洇成一个乌黑黑肉嘟嘟的蜜团儿。"翩彼飞鸮（xiāo），集于泮林，食我桑黮，怀我好音"（《诗经·鲁颂》），《诗经》里的"黮"从黑，看上去就是一颗黑中透亮的桑果，它接纳泮水之精魂，甜甘多汁，猫头鹰食之，去丑音。古老的泮林，那是一处改恶向善的感化院。

今年芒种时节，我们一伙人去了山区的一处桑园，摘食桑葚。这个山区小镇是桑蚕之乡，"蜜蜂出户樱桃发，桑葚连村布谷啼"，古代诗人的描绘就在眼前，偏远之地有着不被打扰的原生风景。我们一进入桑园，就集体返回着童年。东边的杨树林里，有灰喜鹊嘎嘎咕咕地叫着。我们如灰喜鹊一般啄啄这株，瞧瞧那棵，被一树一树的桑葚吸引着，青的静雅，红的妖媚，紫的深沉，一个个如此美丽动人又脉脉含情。摘一个红艳艳的酸酸牙，又叼一颗黑黝黝的甜甜嘴，一时唇舌大动。紫黑的桑葚一碰即可落在手心。果熟蒂落。我从地上捡了几颗，连同果蒂径送口中，熟落的桑葚酥软甘甜，如食果粥，入口即化。桑园主人说，已从浙江引种新品种，明年就能结果，桑葚就像谷穗那么长，说得我们满嘴涎水，却又不能像儿时那样流成明晃晃的一条线，只有傻笑的份儿。

春天大地回暖，桑树抽枝发芽；初夏气温升高，桑果由红转紫。桑葚熟悉土地、节令与太阳的性情，遵从自然的秩序，就像大地上的每一天，东方既白，红日上升，日落桑榆紫云生，枝青叶绿果红麦黄，全都落入黑夜的器皿，归一个叫"梦"的地方保管着。如此有季节感的植物，也与季节达成完美的契合。芒种时节，温高湿重，汗易外泄，饮食以轻清甜淡之物为宜。桑葚味甘酸，性微寒，有补肝益肾、生津止渴、益气祛湿、乌发明目之功效。芒种桑葚熟。桑葚就像一个精细的螺母，它从小满赶到芒种，安装在肝肾等器官上，让我们的身体坚固得百病不侵。

芒种是一个古老的节气，节和气也是人类饮食起居的基本原则。节是调节，譬如芒种时节万物茂盛，阳气旺盛，在古代，夜晚亦是门闾大开，以助阳气发散。气的繁体字是"氣"，古汉字的独特结构强化着时令饮食之于人体的重要，饭食不进补，人哪还有气？作为芒种节气最佳时令饮食，桑葚鲜食以紫黑者为补益上品。鲜葚可凉拌，黄瓜切薄片，草莓切为心形的两瓣，加入白糖拌匀，大红大紫的果蔬，配以绿色的布景，演绎着一出桑果成长记。

夏季湿热，易耗气伤津，而桑葚之汁是上好的养阴润燥除烦解暑之品。洗净，置于菜盆中，用蒜锤捣烂成泥，取一干净纱布，抱紧果泥，绞汁。这从桑之精英提炼出的琼浆，十分的甘甜和滋润，久服可养心益智，美容养颜。加冰糖熬汁亦非常简便。将桑葚和冰糖投入沸水中，文火慢熬至冰糖溶化即可，其味酸甜爽口。夏日的午后，一杯安静得有些沉郁的紫，看上去像干红，一沾唇似香茗，尤其适合女性饮用。《四民月令》云："四月宜饮桑葚酒，能理百种风热。"医者李时珍说话更有针对性："捣汁饮，解中酒毒。酿酒服，利水气消肿。"（《本草纲目·木三》）酿酒方法极为简单，把桑葚汁倒入低度白酒，搅匀，封存，让酸甜的果汁和浓烈的酒水彼此讲和，结成一家人，其味甜软醇厚，很像那种把日子过老的美好婚姻。还有一款吃法很对老年人的脾胃，叫桑葚粥，可补益强壮，延缓衰老。取等量的桑葚、糯米熬粥，吃时加糖，口感软糯清甜，叫人食欲大增。

"人间无限事，不厌是桑麻"（宋•戴表元《苕溪》），桑树生长有多久了。植物有六亿年的传奇经历，大约两万多年前，树木以大量落叶的方式，减少水分蒸腾，在天寒地冻的季节活下去，创造了生命的奇迹。七千年前，作为落叶树木，桑树一遇见蚕，它的生长就助推着中华文明的形成。缫丝制衣，穿上衣服的文明人在城之南，在河之东，锄草耘地，采桑养蚕。有一美丽的采桑女，叫罗敷："罗敷喜蚕桑，采桑城南隅。青丝为笼系，桂枝为笼钩。"（汉乐府《陌上桑》）有一著名的词牌，叫《采桑子》："吴蚕孕金蛾，吴娘中夜起。明朝南陌头，采桑鬓不理。"（杨维桢《采桑子》）吴娘罗敷是转世的嫘祖。

鸡鸣桑树颠，桑榆晚照红。桑树的树冠高大繁茂，那是我们最原初的屋顶。桑梓之地，父母之邦。如今，桑树依旧是故乡的站牌。桑树下，站着我们白发苍苍的娘。在芒种时节，回家看看吧，帮父母割割麦子打打场，累了，就捡拾掉落的桑葚，就像《二十四孝》里的孝子蔡顺那样，拾葚异器，黑者奉母，风吹落的红桑葚留给自己，煮粥，酿酒，让故乡的味道流连在唇齿之间，每一次回味都陶醉不已。

西红柿

　　冬至饺子夏至面。我们这里夏至吃打卤面。卤子，是用时蔬烹炒的汤羹，也叫浇头，而且这卤子通常是一锅西红柿鸡蛋汤。

　　夏至面配搭西红柿鸡蛋汤，堪称精妙至极。面是自家擀的新面，蔬是刚摘下的鲜果，这叫双鲜。圆溜溜的西红柿就像夏至的太阳，红艳艳水润润的，看一眼就让人怦然心动。去蒂，竖切大块，横切薄片，把西红柿切成新月形。热油起锅，葱末姜丝爆香，哧拉一声，投入西红柿热炒，炒至色红汁稠，敲碎两枚鸡蛋，翻炒，加水，放盐，盖锅煮沸，二度浓稠的汤汁红黄相间，鸡蛋的爽滑腴嫩和西红柿的酸甜清鲜相契合，舀一小汤匙倒入嘴里，舌头贪婪，不舍得它下咽。这浓酽的一锅汤羹看上去红红火火的，而长长的面就像夏至太阳的光线，把白昼拉长了，把美味拉长了，有一种天长地久的味道。

　　在我们这里，一般大锅煮长面，面条煮熟以后，在冷水里涮一下，更显柔韧，叫过水面；小锅烹小鲜，吃时小碗饭大碗盛，浇上卤子，柔韧清鲜一碗端，特有嚼头。偷偷懒也可，用半锅柿子汤下面，待面条用筷子一夹即断，盛出。这种懒汉做法，却使汤味完完全全融入面里，吃面能吃出意想不到的肉的味道，润腴香鲜，这叫一家亲。有的人家做法更为精细，把鸡蛋打散，加盐，旺火热油烹煎，锅铲炒散，既鲜嫩又入味。鸡蛋盛出，锅内留油，翻炒西红柿，西红柿遇热满是柔情蜜汁之时，倒入嫩黄的鸡蛋散块，加水，开锅即可。

如果只是把西红柿鸡蛋炒匀，出锅前淀粉勾芡，锅底一汪浓汁得了芡粉的鼓舞，便往西红柿上贴，再贴一层红润，再润一些鲜美。这道菜叫西红柿炒鸡蛋，很普通的家常菜，却是夏至时节的当令美食。西红柿富含葡萄糖、果糖和有机酸，有生津止渴健胃消食之功效。西红柿鸡蛋汤，西红柿炒鸡蛋，怎么做都是美味，都让人食欲大增，让苦夏成为一个传说，美食转化为一种酶，参与人在炎炎夏日的所有生命活动。

美食也讲一个境界。同在一锅汤汁里，西红柿红亮亮，炒鸡蛋嫩黄黄，物物相悦，这是一种融合。炒食时勾芡，时果之艳与鲜蛋之嫩相吸，活色又生香，且营养素互补，是更高的融合。而白糖与西红柿的遇合，更像一种美好的爱情，此中真味，让人沉醉。

西红柿又名爱情果，也叫情人果。16世纪，英国公爵俄罗达里在南美洲旅行，为西红柿的娇艳妩媚所倾倒，带回一颗献给他的情人伊丽莎白女王。西红柿那时叫狼桃，疑为毒果，无人敢食。18世纪时，意大利人努力驯化这种如樱桃一般大的小红果，再度重返英国、美洲的时候，已是十分的性感，如丰乳似肥臀，被誉为"蔬菜皇后"。

想当年，英国女王沐浴着爱情果圣洁的光芒，该是眉目生春双颊飞红吧。西红柿含茄红素，医学上说这种天然色素具有抗氧化、抑制突变、降低核酸损伤、减少心血管疾病等多种功能。喜食西红柿的人如同经历一场天长地久的爱情，脸上始终洋溢着幸福的红润。有爱美的女子取西红柿的红汁，加入白糖搅匀，以其敷面，面部皮肤尤为细腻水润，粉嫩的小脸蛋儿似乎吹弹即破。我的女儿饮食喜酸嗜甜，吃水饺必先洗了手，抓了水饺在醋碗里浸一会，一口一个，连吃二三十个方才罢休。糖拌西红柿做法简单，味道酸甜爽口，女儿甚是喜食。把西红柿切成橘子瓣大小，加白糖拌合，吃完鲜果，尚有桃花溪水一潭，女儿就凑上去，一口气喝了个小脸通红。西红柿之精华尽在果汁之中，富含苹果酸、柠檬酸等有机酸，清热止渴，敛汗生津，实为上佳的夏季消暑饮品。夏季高温湿重，出汗多，易伤阴。"暑为夏之主气"，喝西红柿汤可防暑清热，健脾养胃。做法同样简单，西红柿切片，加糖，煮沸熬汤，热饮。还有一种吃法和我女儿的吃相差不多，西红柿蘸白糖，空腹吃，且是早晨，夏季易诱发高血压，此品凉血降压，尤其是头晕厌食者更宜食用。

我想，白糖是懂得西红柿的，它把自己祭献给美妙的爱情，它慢慢融化的同时，西红柿的内心在幸福地颤抖，清澈又迷乱，体内爱河汹涌，流泻而出的是明媚的珊瑚色。此情此景，让人看一眼，就是坚硬的石头也会软烂成泥的。糖的白如空气，大象无形，甜的味默默又脉脉地提升着时果鲜美清纯的品质。

西红柿或油烹或蛋炒，均能使茄红素和胡萝卜素等脂溶性营养素释放出来，茄红素有植物黄金之称，抗氧化，美肌肤，延衰老，食疗价值大得去啦。西红柿汁是另一种吃法。在无数红果中挑一个脸蛋圆润面色粉红的，触之如温香软玉，仔细看，那俏脸上敷了一层淡淡的粉白，叫人情不自禁的还有果蒂处那一抹羞涩的青色，这是百里挑一的一见钟情。去蒂，洗净，置于温水里浸泡一会，或用热水浇烫一下，去皮，搁在干干净净的纱布上，再用手裹紧，挤压出汁，流于白瓷碗里，加蜂蜜少许，调匀可食，红汁蜜水犹如一条小溪在身体里潺潺地流，所经之处一片洁净温润。西红柿富含多种维生素，取汁生食不丢维C，于人体免疫最为有益。

如果想让西红柿长久地滋养我们的生命，贯穿悠长而宁静的岁月，西红柿酱是上好的选择。西红柿酱花样很多，有纯味的、浓香味的、酸甜味的，每种美味皆需精工细作，更依赖于选材。手感硬的不选，分量轻的不要，有棱角的不理。丰满圆润性感的红果沙瓤多汁，果肉也丰腴。先洗净热蒸，然后去皮，捏碎，以白纱布滤籽，得其浆水，加冰糖，文火慢熬至黏稠状，倒入少许柠檬汁，趁热装瓶，密封贮存，此为酸甜西红柿酱。胃口重的人，可加蒜末、洋葱、胡椒粉，与西红柿肉酱一并熬煮，可得浓香之酱。西红柿酱增色助鲜添酸，且不丢鲜果本味，为烹饪调味之佳品。

如此美好的红果，自然红透一片天。在美洲，在欧洲，一年一度的"西红柿狂欢节"来临之时，人海汹涌，乱红如雨，捏烂的西红柿被投掷，掷者大呼，中者尖叫，从大街到中心广场，疯狂的河流汇聚成欢乐的海洋。中国人的喜欢是不动声色的。我们把西红柿紫茄子绿豆角种在村头的菜园里，拥挤却异常的安静，热闹是有的，蔬果们的热闹是五彩斑斓、蜂飞蝶舞，仔细听，那些响声像是从泥土深处生长出来的，一团团一串串的声音挤在一起，却不嘈杂，这些不同声部的歌者，重叠演唱着同一首田园之歌。西红柿的声音尤为动听，它有民间的圆润浑厚，就像园里的茄子、树上的柿子，还有西洋的美声，似旧雨，像新知，我们亲切地叫它番茄、西红柿、洋柿子，给它地膜的暖房，给它搭架子，给它授花粉。远道而来的西红柿，那是乡村之夏妩媚又红艳的新嫁娘。

吴伯萧是很喜欢西红柿的，他在《菜园小记》里说："青的萝卜，紫的茄子，红的辣椒，又红又黄的西红柿，真是五彩斑斓，耀眼争光。"单单这一句，吴伯萧就做足了起承转合，由菜青起始，历经紫和红，至西红柿，方释放斑斓光芒。其实，诸多美食，如西红柿炒蛋、西红柿沙拉，亦是斑斓耀眼，美不胜收。

　　西红柿很像节庆的红灯笼，又像围桌而坐的一家人，红红火火，团团圆圆。从菜园到盘碗，一颗西红柿红光满面，一锅西红柿汤幸福满满。把成车成堆的西红柿往人的身上乱扔，在中国的农民看来，是很荒唐的事。中国人讲求一个果腹。何谓果腹？就是把劳动所得的果实放到肚子里，这样心里才踏实。

　　小时候，几乎家家都种着西红柿，夏至红果满枝，母亲总会挑一个又大又红的塞给我。我如获至宝，先用牙齿轻轻叩开顶部的果肉，把嘴巴贴上去，吮吸酸酸甜甜的汁水，那些汁水一股一股地窜至舌尖，又溢满舌床，那种感觉，就叫一个爽歪歪。红嫩肥厚的果肉吃起来又面又沙，特有口感。西红柿就一个，有吃又有喝。青柿子涩口，母亲不让摘的，只有成熟了才叫果实。这些年，城里的餐馆扯起绿色食品的大旗招徕顾客，花色品种不断创新，有一道新菜叫肉片炒青柿，味道酸酸的，极为爽口，受到食客的青睐。殊不知，未成熟的西红柿含龙葵碱，多食会导致中毒，轻者头晕呕吐，严重者会危及生命。有一种冬春应市的西红柿，表皮像涂了一层油漆，且有不规则的瘤状突起，果肉也硬实，那是塑料大棚错乱了季节，催红素如硅胶隆胸隆鼻，篡改着果实的容颜。至于近些年新应市的樱桃西红柿，无比的娇小玲珑，让人惊奇不已。一个科技领先的时代，杂交嫁接，培植出西红柿的缩小版，易名"圣女果",价格高出大西红柿数倍。可是,这圣女果就是16世纪的狼桃。这场蔬菜史上崭新的革命,说白了,是一次复古运动。

当令蔬果有阳光的味道,也有泥土的气息,更有成熟季的独特风味。"不时不食",饮食当节当令,得其本味,又颐性健身,孔老夫子的这四个字,指向的是中国饮食文化的精髓。

榆树

朱耿村有很多植物，开出的花很好看，结出来的果也像花儿一样舒展着美丽的花瓣，特别漂亮。比如棉花。它的花早晨初开时乳白色，到了下午，花瓣粉嫩红润，第二天快要凋谢那会儿，花色红里透紫。棉花结出的果开裂，露出雪白而柔软的棉絮，大朵大朵的，比棉花的花更舒展，更饱满。

还有一种果实更像花朵的植物，是榆树。榆树的花长什么样子？村里的孩子们大都说不上来。春三月，好看的花好吃的野菜多得去啦。桃花把春天烧得暖融融的，油菜花把大地照得金灿灿的，樱花把天空塞得满满当当的。人就是长一万只眼也不够看的。荠菜苦菜蒲公英长满沟畔山坡草滩，人有一千只手也挖不完的。谁会留意榆树光秃秃的枝条上那些细微的声响？

榆树的小枝浅灰色，散漫地长在暗灰色的树干上，看上去和枯枝朽木没什么两样。榆树的花紫色，绿豆粒一般大小，一团一团的，很像枯枝上长出的一丛一丛的小蘑菇。榆树花没有花瓣，哪怕像荠菜那样米粒大的花瓣，也没有。说是花吧，一根根又细又长的花丝更像是绿豆的嫩芽，看着都让人心疼。

如果一树花儿都是这个样子，那三月的榆树该是多么寂寞，它对果实该有多大的信心。

朱耿村春天的花朵大都开得娇艳艳的，果实长得慢腾腾的。最典型的要数柿子树。还有桃树、梨树、李树、苹果树，都是这样的。唯独榆树，四月结出一串串花朵般的榆钱儿。一眨眼儿，花的蜜酿成了果的甜。榆钱儿是朱耿村高树低树中最早出现的鲜果。

不同于其它树木，榆树先结一串串嫩生生的榆钱儿，后长出一片片青绿绿的叶。这是一种多么神奇的树。每一条树枝都瘦瘦的。每一条树枝都挂满了一串串嫩绿的榆钱儿。远远望去，宛如一朵绿云从大地上升腾而起。走近了看，一个个小小的翅果鹅黄嫩绿，圆如铜钱，薄似纸页。春风拂过，满树榆钱儿闪着迷人的光，那哗啦作响的声音尤让人陶醉。村里的老人称榆树为摇钱树。榆钱儿还有一个好听的名字，叫榆树巧儿。榆树巧儿，我喜欢这个名字，就像榆树细细的花蕊，牵着暖阳的金线、细雨的银线，编织出一树的锦绣；就像长长的小河，细心地给大地刺绣，一针一线春绿秋黄。

榆钱儿舒展的四月，榆树的四围长满了许多蠢蠢欲动的小手和流着涎水的舌头。榆钱儿是春天的第一道树上蔬菜。二月杏花三月桃，四月里来捋榆钱儿。吃榆钱儿的好时节是清明之前。谁家的房前屋后种着榆树，谁家的榆钱儿又大又甜，我们这些小孩子知道得一清二楚。一个上树摘榆钱儿的男孩子，会成为女孩儿心中顶天立地的人物。

朱耿村的榆树并不多，可满树榆钱儿像天上的星星一样，怎么摘也摘不完。许多男孩子在爬到树上的一刹那，觉得自己一下子长高了。男孩子先捋一把榆钱儿塞进嘴里，大口地嚼着，一股鲜嫩清甜的味道从舌尖蹿到了脚后跟。树下，许多小脑袋像雨天的水泡儿越聚越多，仰着脸，可怜巴巴地望着树上。男孩子扔下一串串榆钱儿，那些小脑袋以夸张的吧嗒吧嗒的咀嚼声表达对男孩子的感激。

朱耿村的天空还是那么蔚蓝，田野还是那般的翠绿，村东的小河在阳光下还唱着那首亮闪闪清澈澈的歌。可是，房屋矮了一些，屋顶的烟囱就像从地里冒出的一根春笋；西边的山岭近了一些，它就像一头野兽，挪动着庞大的身躯。获得了一只鸟的视角，男孩子的腰杆儿似有一根树枝在咔吧咔吧生长，却又无法变成一只飞翔的鸟，男孩子的内心涌进了太多的怅惘。

那些年，我常常一个人去洪沟河南岸摘榆钱儿。河边水汽蒸腾，榆钱儿尤为清鲜香甜。摘榆钱儿的时候，我有时连小枝也折下来，搁在小筐里，带回家。母亲乐滋滋地择洗，撒入黄澄澄的玉米粉和白花花的细盐，拌匀，放入蒸笼，给我们做香喷喷甜滋滋的榆钱饭吃。我把折来的几串榆钱儿编成美丽的头环，给妹妹戴了一个，给邻家女孩小杏儿戴了一个。看她们花枝乱颤的样子，我开心极了。看她们探出柔软的小舌轻轻咬食一小片榆钱儿的样子，我的心里甜滋滋的。

小杏儿幼年丧父。我是她最亲近的男子。她看我的时候，总是歪着脑袋，像一只可爱的小猫："大海哥，给小羊编一个项圈吧？小羊也喜欢吃榆钱儿。"她的声音像小河的流水一样欢快，透出的是一种甜而清爽的味道。又好像她的声音里伸出一串串榆钱儿，我每天都能摘到。遗憾的是，我读初中那年，小杏儿跟着她的母亲回了母亲的老家，我再也没有见到她。有时傻傻地想，小杏儿戴着美丽的头饰出嫁那天，会不会想起她的那个榆钱儿头环，清新鲜丽的头环。

梧桐

　　大田的麦子抽出绿穗穗没几天，家门前的梧桐也开花了。绿穗穗和茎叶同色，远远望去，一片碧绿。梧桐就不一样了，紫色的喇叭状的花一串串，一簇簇，看上去，仿佛树上悬挂着许多的乌贼鱼，香香甜甜的。梧桐花的香就像小孩子撒欢儿，不管不顾的那种，撞得人的鼻子酥酥痒痒的。

　　梧桐花是可以吃的。洗净，沸水焯烫，放凉，加入盐、酱油，拌着吃，清甜爽口。我们小孩子有一种极为奢侈的吃法：像蜜蜂一样吸食花蕊里的花蜜。摘掉花蒂，用舌头舔吸，真甜，甜得人掉下巴的那种甜。带露的梧桐花更甜。为了不碰掉花心里的露珠，我爬到院墙上采摘了，送给一个叫小杏儿的女娃。吸了花蜜的小杏儿嘴巴特别甜，一口一个"大海哥"地叫着，我的心里比喝了花蜜还甜。尤其是小杏儿用小嘴噙着花蒂那会儿，紫嘟嘟的花儿衬着粉嘟嘟的笑脸，要多好看有多好看。

　　花儿缀满枝头的时候，梧桐开始伸展它的叶子。在朱耿村的高树低树中，有的树叶长得像银针，精瘦精瘦的；有的树叶样子像箬笠，又大又圆。梧桐的叶是后者。它的叶柄很长，末端稍稍鼓起，好像往树上黏合时留下的固体胶。事实上，梧桐叶很容易折断的。夏天的雨说来就来。羊们在河畔慢吞吞地吃草，我们这些孩子在河里摸鱼。雨点噼里啪啦地落下来。落到水里，生根开花，开出一朵朵美丽的水花。落到头上，会生病的。这是母亲千叮咛万嘱咐的。母亲追到村头，我们也不带上苇笠这个小累赘的。我们有天生地长的雨伞。咔吧咔吧，每人折了一片硕大的梧桐叶，顶在头上，和小羊们赶往桥洞里，避雨。圆溜溜的小脑袋藏在梧桐叶下，梧桐叶藏在半月形的桥洞里，就像种子温润的呼吸藏在湿漉漉的泥土里。幼桐的叶子最为宽大，就是一条枝干一门心思往上长的那种。幼桐长成大树，叶子变小了，树冠葱茏如盖，样子很像小孩子擎举着的一片阔叶。梧桐追求云上的生活，它要做一个顶天立地的绿巨人。

朱耿村有低矮的灌木，也有高大的乔木，叶子长得最大的是梧桐，秋天落叶最早的也是梧桐。或许，梧桐叶易折，受风面积大。秋风吹来，梧桐的叶先是轻轻抖了一下，然后就像一只大翅膀的鸟从高树上飞了下来，时高时低地盘旋着，后来在草地上跟跟跄跄走了几步，疲惫地躺下时，传来一声低低的、哀婉的叹息。梧桐一叶落，天下皆知秋。成语"叶落知秋"固然学过，但那时体悟到的秋天和夏天的大雨点打在梧桐叶上的感觉差不多，面对突然的坠落有些心慌慌，也有些小惊喜。捡梧桐叶真的蛮好玩的。不用挎着小筐，也不用拖着竹笆，拿一根铁条，一头绑了粗线，另一头磨得尖尖的，穿起一片片梧桐叶，穿成一条树叶的长龙。长龙在空中一抡，呼呼作响，人特别威风。梧桐叶焰长，面大，势头均匀，烙出的热煎饼又香又甜。可是，小杏儿捡梧桐叶的时候总是慢悠悠的，她不用铁条穿，而是像捡麦穗那样小心翼翼地捡。有时，捧着一片树叶傻傻地看半天，还说出一些让人吃惊的话："大海哥，这叶子上的细线（叶脉）真像一条条小河，流在大大小小的麦田之间。"小杏儿树叶捡得少，快到她家门口的时候，我把几条长龙搭在她的肩上，然后一溜烟地跑了。

说说我家的梧桐树吧。南院墙外有三棵，西墙根两棵，影壁墙前也有一棵，都是父亲从河畔移栽的野生树苗。梧桐树见风就长，第一年高过了院墙，第二年举着大伞一样的树冠，长势太喜人了。我一脸天真地问："咱家为什么栽了这么多的梧桐树？"那时候，我站在父亲身边，就像一棵从大树根部长出的幼桐，父亲的目光就像庞大的树冠笼罩在我的头顶。父亲看了我一会儿，就仰头看碧绿的树冠，以及树冠托着的碧蓝的天，一向严厉的父亲突然变得温柔无比，声音如一泓温泉浸泡着我："梧桐长，你也长，这些树是给你娶媳妇用的，可以打好多家具。"我没有脸红，眼前闪过小杏儿甜甜的笑容，内心的倔强像小树一样往上蹿，我年年给小杏儿摘梧桐花捡梧桐叶就好了，她才不稀罕那些笨笨的家具呢。

朱耿村种得最多的树是梧桐。栽下梧桐树，引来金凤凰。朱耿人种的是吉祥树、幸福树。如果说梧桐给朱耿人带来实实在在的好处，那么我是一个例外。时隔多年，我清楚记得小杏儿捧着落叶端详的情景，她从梧桐叶上看见了湿漉漉的平原上的河流和麦田。"梧桐更兼细雨"是我经年之后时常遭逢的场景。雨细细密密地落下来，树叶轻轻抖了一下，而我的心跟着微微一颤，就像雨点落在心尖尖上，我的心变得细腻敏感，一种莫名的情绪如雨雾弥漫着。这就是愁的滋味吧。

识得愁滋味的我变得郁郁寡欢，喜欢一个人看书，一个人卧听疏雨梧桐。我不知道，故乡的梧桐怎么看长大的我，是飞出的凤凰，还是漂泊的叶？

柿树

朱耿村梧桐杨树椿树的叶子，是在大雁嘎咕嘎咕的叫声里一片片落下的。飘落的树叶看上去有些像离群的小雁。也有一些树，比如黄栌和枫树，它们的树叶在大雁翅膀的扇动下奇异地变红，热情满满地为南飞的大雁送行。许多果实也红得灿烂，红得耀眼，比如苹果呀大枣呀，还有柿子呀。

红苹果、红大枣又甜又脆，那声声脆更像是牙齿对甜的极力赞美。红柿子可甜啦。麻雀们啄过的柿子红得早，甜煞人。从柿树开淡黄色的小花那天起，麻雀们从这棵树飞到那棵树，啄虫子吃，也啄食树叶上跳跃着的阳光，它们知道哪一树柿子熟得早，哪一枝柿子最甜。

霜降不摘柿，硬柿变软柿。柿子嫩时和叶子一个颜色，绿意滋养着绿意。中秋的柿子个个长得像鸡蛋黄，果肉是脆硬的；如果不采摘，果肉就变得柔软多汁，外皮红中泛着白晕。软柿子熟透了，一摘，柿子落在手里，软绵绵凉滋滋的，果蒂却留在树上。这好比揭去了果冻的盖膜，站在树下，用嘴吸着吃，特有味儿，吸时唇齿发颤，含在嘴里清凉无比，鲜甜无敌，真舍不得下咽。

霜降摘柿，果蒂也摘下来。采摘工具有剪刀、竹篮、竹竿、铁丝、布袋等。

前两种用于采摘低处的柿子，特别适合小女孩去做。小女孩的脸蛋就像通红通红的柿子，头上扎的两个朝天揪一晃一晃的，显得她的小脸蛋更圆更红。她左手捉住一个柿子，柿子凉凉的，手心被这凉惊了一下，麻酥酥的微颤从手心蹿到了她的胳膊上。右手的剪刀好像长了眼睛似的，绕过柿子，贴近果梗，将柿子连同褐色的果蒂轻轻剪下。柿子一个个集合似的往竹篮里跑。好像它们就等着这样一双灵巧的小手，小手一伸，碰触的是吉祥树，采下的是如意果。"柿""事"谐音。摘柿子，摘的是柿柿如意、万事如意。

朱耿村有许多高大的柿树。好像爷爷那一代人出生时，这些树就那么高，那么大了。这些老树年年发新枝，结柿果，采摘时须用长长的竹竿。男孩子很喜欢干这活儿，他们有力气，也有智慧。用铁丝弯成一个圆形的铁环，留一截小尾巴儿。拿出母亲特制的小布袋，缝在铁环上；再将铁环的小尾巴固定在竹竿的顶端。竹竿高高举起，男孩子一下子成了长臂巨人，成了许多男孩女孩目光聚焦的中心。只见那男孩摆动竹竿，用布袋口套住一个柿子，竹竿向前一推，再往后一拉，柿子就乖巧地躺在布袋里，接着去套另一个柿子，直到布袋鼓鼓囊囊的，看着好像快要撑破的样子，轻轻放下布袋，取出柿子，再举起竹竿。竹竿举在高空，太阳也在高空。仰着脸看，太阳就是挂在树梢的一个大柿子。树上的柿子个个都像灯笼，太阳是个又大又红的灯笼。如果把太阳摘下来就不好了，天就黑漆漆的了。看那没了柿子的树枝暗淡了许多。举在空中的竹竿看上去更加小心了，个头小的柿子、树梢的柿子假装看不见似的，不再采摘了。

朱耿村的初冬有一种独特的美丽。杨树椿树枫树柿树的叶子都落光了，许多树光秃秃的，唯独柿树高高地举着一些红彤彤的柿子，照耀着安静的乡村。这些柿子是剪刀和竹竿有意留下的，我们称为"老鸹柿"，为老鸹、麻雀等鸟类留下的过冬的食物。天寒地冻时节，那些疲倦的鸟儿经过朱耿村的上空，会被柿树上的一盏盏灯笼所吸引。它们不再东奔西走，在柿树上筑巢定居，孵化翅膀和歌声。

晒柿子也是迷人的一景。村里的女人坐在蒲团上，像母鸡抱窝那样孵出一个竹篮，竹篮里装满黄澄澄的柿子。女人抓起一个有蒂无疤的柿子，手中的小刀在柿子表面转一圈，削下的柿皮又薄又长，有些飘带的样子。女人把柿皮和柿子搁在不同的簸箩里，等一竹篮的柿子削完，再用细麻绳系住柿子的果梗，系了一个，再系另一个，直到拴成长长的一串。一串串柿子挂在向阳的屋檐下，更像节日的红灯笼了，照亮着庭院，照亮着屋舍，照亮着乡村漫长而甜蜜的冬天。

从春天生叶、初夏开花到中秋收果，柿子的甜是缓慢生长的。柿子离开树枝，甜蜜之旅并未中止。如果说，晒柿子是一幅热烈而明艳的乡村画卷；那么，上霜则是寂寞而安静的，如同冬雪飘飘的乡村。这霜，不是从天而降的银霜，而是柿子析出的白色结晶，富含甘露醇和葡萄糖。待晾晒的柿子外硬内软，放在陶瓷缸生霜时，两两合在一起，成双成对地排列，上面再盖一层薄薄的柿皮，保温又透气，柿子呼出的白气全都化作了清凉甘甜的白霜。

第二辑

白云回望合

莫道不销魂，帘卷西风，人似黄花瘦。

——宋·李清照

秋天的青州，到处都是酒肆、茶楼、超市、菊花、熙熙攘攘的人流。像极了一句古诗：满城尽带黄金甲。

在这个季节，如果你沿范公亭中路西行，绕过唐楸宋槐，在南阳河畔，就会遇见一个人，或者一朵花。

或者，她就是一朵花。她的玉骨香魂，千回百转，化而为花。菊叶含翠摇风，黄花丝丝抱蕊。她开得热烈，开得决绝，这醒世的精神的火焰，照亮着整个秋天。

她，就是宋代词人李清照。

"归来堂"前是菊的领地，舒展着秋天最灿烂的笑容。

"归来堂"的得名，源于陶渊明的一首清新恬静的诗歌：《归去来兮辞》。诗中有这么几句："引壶觞以自酌，眄庭柯以怡颜；倚南窗以寄傲，审容膝之易安。"李清照一气呵成，把内室命名为"易安室"，她自号"易安居士"，过着她不是草也不是树的日子。

"归来堂"的同义词，是"易安室"。秋天来了，菊花开了。菊在杯中，是新熟的酒；菊在枝头，是飘舞的蝶。"浓睡不消残酒"，醉了的词人随便卧进哪一朵花心里，都是易安。归来堂，这是一个词的家园。

命名就是被照亮。九百年前，归来堂是沉默的，归一个叫青州的地名保管着。"东篱把酒黄昏后，有暗香盈袖"。现在，它被一阕清丽的宋词照亮了。

站在归来堂前，就像站在一个阔大敞亮的梦境里。放眼西南，郁郁苍苍的云门山，和我隔着一层薄薄的近视镜片。东南唐楸宋槐既望，范公亭（为纪念范仲淹而建）上指云霄，下临清泉，六角飞檐如一群展翅欲飞的乳燕，给人一种老树新芽的感觉；古城墙铺陈出一种葱茏苍翠的背景。近前，阳水潺湲北去，将幢幢屋舍串连于碧波绿浪之间，轻描淡写中展现出老树新绿雀鸣、小桥流水人家的田园景象。最是小桥洗练，如一根藤蔓，拱在喧嚣和静谧之间。

九百年前的那个日子，清澈的水面上，出现了一个窈窕的倩影。李清照从容跨过小桥的一刹那，一朵水花，在她的脸颊上清爽爽亮闪闪地绽放。"细看取，屈平陶令，风韵正相宜"（《多丽 咏白菊》）。我到家了。李清照对自己说。是年，她27岁。

李清照的父亲李格非在朝为官，为元祐后四学士之一；母王氏，亦擅属文。这种高贵的出身，在今天可是大大的资本：如果从文，可以进行"隐私"写作，大卖身世；设若为官，可能跻身一级常委，步步青云。李清照18岁为人妻，"怕郎猜道，奴面不如花面好。云鬓斜簪，徒教郎比比看"（《减字木兰花》），李清照初嫁的时候——撒娇的女子，很像电影里的经典镜头，女孩的玉手粉拳轻柔地砸着男人的胸膛，口里喃喃着"你坏你坏"，然后一脸知足地跌倒在"坏人"的怀抱里。李清照的夫君赵明诚，金石考据家。他们，是中国历史文坛上的同志爱人，人称赵、李"夫妇擅朋友胜场"。如果拍一部京戏，片名也是现成的：《金石情缘》。少年赵明诚暗恋李清照，却是朝思暮想，魂牵梦绕。

赵明诚小时，一日做梦，在梦中朗诵一首诗，醒来只记得三句话："言与司合，安上已脱，芝芙草拔。"百思不得其解，就向父亲讨教。赵挺之听了哈哈大笑："吾儿要得一能文词妇也。"明诚大惑不解。他父亲说："'言与司合'，是'词'字，安上已脱，是'女'字，'芝芙草拔'是'之夫'二字。合起来就是'词女之夫'。"（《琅娘记》）

惯看才子佳人小说，看惯门当户对婚姻，赵明诚娶妻李清照，更像是上天的恩赐。试想，一个女子，容颜如花玉，才名动京城，只能解释为上天鬼斧神工的大艺术。上天给李清照幸福的婚姻，也给她旷古的才华，让她去充足享受世俗的快乐，去细细咀嚼一个小女人的甜蜜和伤感。

1107年，经历了党锢之祸，家国变乱，赵明诚政治生涯陡然直下之际，却是李清照抵达爱情巅峰之时。南阳河畔，酷夏无暑，亚冬背风。"归来堂"，深得借景之妙，这里"醴泉"（今天的"范公井"）深碧，阳河澄碧，云门苍碧，可谓青山碧水，气韵俱佳。"富贵非吾愿，帝乡不可期"（陶渊明《归去来兮辞》），也许，李清照的幸福观就是"腿儿相挨，脸儿相偎，手儿相携"（王实甫《西厢记》）。

在青州的那些年，菊花的灿烂就是李清照内心的丰满，也弥漫成她生活的背景音乐。

李清照，陷溺在世俗的厮守和生活的和美里——一个可人的小女子，她在岩石上听松，在翻飞的红叶上题着自己的新词，习习的风，轻软得好像羽毛一般。她给菊花浇水，点点滴滴，这次第，怎一个"美"字了得！娇枝宠柳，露浓花瘦，她的纤纤素手握着花朵，握着一个女人眼前的幸福。暗香浮动，萧萧疏竹在水之湄弄影，时光沉淀于此的安宁和沉静。生活何其幸福啊，大地温和，石头善良，早晨是一滴清脆的鸟鸣，中午是一只熟透的苹果，呈现着它全部的丰盈和饱满。入夜的青州千户无声，婆娑月影撒成万家灯火，宛如朵朵金菊，层层馨香包裹着甜甜的梦呓。这是整个宋朝最为祥和的时候。清风朗月之下，阿阁洞房之内，李清照和赵明诚卿卿我我，耳鬓厮磨，如蜂采蜜，如叶戏蝶。李清照要做的是一个温柔体贴贤惠的小妇人，而不是什么"古今才妇第一"。她需要的不是那些"前无古人，后无来者"的超拔诗词，而是一个凡俗小女人的幸福，伸手即可触摸的幸福。

我一直觉得，李清照是个巧笑倩兮容貌姣好的小女人。她伤海棠，"绿肥红瘦"；怜自己，"新来瘦"，"人比黄花瘦"。她吟"瘦"咏"愁"，完完全全是一个"梨花一枝春带雨"的多情女子，让人爱，让人怜，让人看着她，心尖儿是微微的疼，有一种禁不起的——美。按时下的美女标准，"瘦"了就有骨感。苍白憔悴骨感瘦长，正是恣意流行的美女元素。好像除了一个"长"字，别的于李清照而言，都不缺乏。现在的美女为纤体瘦身花样百出，不说也罢；李清照则是彻骨的相思所致，南渡的颠沛所迫。

我想，无论生活在宋朝还是现在，李清照都是一个真实的女子，真实得像生活本身。她静美，也许有些小资。即使生活在钢筋混凝土的城市，她也要在阳台上供一枝养在清水里的花。她会经常地去时装店，却从来不买衣服，扯几尺布料，自己剪裁成梦的形状。她喜欢听一首老歌，胶木留声机氤氲着一种古旧的气息，暗绿的老唱片转动着她内心最隐秘的情感。她当然会在夜晚，菊花一般，层层叠叠地打开自己的心事，她是诗的，她天赋了诗人的气质，我喜欢看她在幸福中陶醉的表情。我曾经跟朋友笑谈，你想写诗吗？那么你就去恋爱；你想写真实的诗吗？那么你得遭遇失恋。爱情是一种死亡般的大痛与大美。纪伯伦说："它虽栽培你，它也刈剪你。"爱情是天堂也是地狱，使人销魂，也令人断肠。

说着说着，又一个秋天来临了，菊花开了。发在林涧后的菊花，露冷时格外繁盛，花盏怒张，花瓣纷披，宛如神女仙娥飘飘临凡。"秋丛绕舍似陶家，遍绕篱边日渐斜"（元稹《菊花》），李清照穿过泪水涓涓的花露，一个人来到南阳河畔，茕茕孑立，她极目远眺，薄雾浓云遮挡了视线。这一天，是重阳佳节。赵明诚几天之前去了仰天山。此时的李清照，不是冠绝古今的第一才妇，她，而是一个痴等汉子的婆娘。

昨天夜里，李清照醒了，惺忪的睡眼里，玉枕纱厨是一种寂寞的形状，一如礁石，在潮水退却以后，涌泛着冰冷的月光。日上三竿，李清照慵懒地起床，锦被掀开，乱摊在床上如翻红浪，梳妆镜匣上落满了灰尘。相爱的人不在身边，她生活的秩序彻底打乱了。白昼何其漫长，香炉里袅出的烟缕，凝散无定，像是一些变幻着的人和事。云生在山头，菊落在手心，深入花木的内部，她听见思念拔节的声音，一节一节地，黄昏缓慢如钟。菊花黄了，一个藐视岁月的女子，香含秋露，质傲清霜。娇弱的花朵，开得恣意、眩目，它有桃花的热烈，牡丹的饱满，可清寒的骨是自己的。在与菊花对视的一刹那，李清照看到了自己的今生和来世，她和菊花的相遇，注定了辉煌，也注定了永恒。

"薄雾浓云愁永昼，瑞脑销金兽。佳节又重阳，玉枕纱厨，半夜凉初透。东篱把酒黄昏后，有暗香盈袖。莫道不销魂，帘卷西风，人似黄花瘦。"（《醉花阴 重阳》）

好一曲爱情的绝唱。好一朵秋风里不胜销魂的黄花。

从1107年到1121年，李清照在青州居住了14年。这，对于颠沛流离的李清照一生来说，是金石一样的珍贵日子。14年中，李清照和赵明诚完成了《金石录序》，写出了她一生中最美的词，其中《醉花阴 重阳》"幽细凄清，声情双绝"（清 许宝善），最为脍炙人口。她是词中的弱女子，在爱情的润泽下，淋漓尽致地展示了一个女人的幸福和哀愁。

幸福是什么？它是来自内心深处的一种感觉，是对凡俗日子的一种诗意注视。守着自己相亲相爱的人，吃一顿饭，唠两句家常，就是幸福。幸福是一种心态。譬如，菊花热烈灿烂的时候，赏菊饮酒，是一种幸福；花事已残寒气扑面，当沸水注入，看风干的菊花，在水杯的透明里，蓦然地长袖善舞，仿佛一位旷古佳人殷勤地把盏添香，也是一种幸福。

旧时东篱堂前花，已入寻常百姓家。今天的菊花，已经成了一种绚烂的礼花。越是节日，花事越繁盛，朵朵金黄，簇拥着千家万户的幸福生活。

書院山的乡愁

一座山的个性，往往由古木、名刹、奇石、秀水等有品质的事物构成，或某一物特立不群，或物与物相融共生。比如，潍坊南部有一座叫书院山的山，山上生长着两株古老而神奇的银杏树。

书院山上有齐长城逶迤其巅，又叫城顶山。而书院山的得名，源于春秋时期一个叫公冶长的书生在这里筑庐定居，设坛讲学，书声震林樾。书院山也有许多故事传说，在崇德尚美的生命场域上，如银杏树一样葳蕤生长。

书院山的故事，大都围绕公冶长和银杏树展开它们的茎叶花果。公冶长识鸟语的故事，最早见于南朝皇侃的《论语义疏》。一个蓬头垢面的老婆婆，蜷缩在爱子失踪三日的苦痛里，声嘶力竭地哭，像个被世界遗弃的婴孩。公冶长，一个打柴于山、奉老母于堂、听觉与鸟类世界浑然无间的读书人，把从鸟群那里听来的消息告诉了老婆婆，她的儿子可能命丧清溪。就像许多励志故事的惯常情节那样，说出案发地的公冶长被视为嫌犯，入狱之日却是他德行远播的伊始。百鸟从密林里飞来为他传播消息，就像蜜蜂围拢着芬芳的花朵，牢狱成为善念的集聚地。

对于公冶长的那次入狱，孔子说："可妻也。虽在缧绁之中，非其罪也。"孔子以其女妻之。书院山的生长，是从一雄一雌两株银杏树的落户开始的。相传，树苗是孔子看望爱女时带来的，并与公冶长夫妇一同栽植在书院前。自此，一个人的书院和另一个人的美好祈愿在山中扎根发芽，扎根的是诗书耕读的儒家文化，发芽的是琴瑟和鸣的人间幸福。两株树最初呈现的是勃勃生机，当它们生长千年、耸入云霄，就具有了灵性，延伸到精神的领域。两千多年以后，这两株银杏树被称作"夫妻树""同心树"和"幸福树"。

东雄西雌，两树相距7米多。在株高30米的高空，两株银杏的枝杈彼此靠拢，像是长在了一起，长成一个东西28米、南北25米的硕大树冠。尤让人眼窝发热的是，雄树基部有3株子树身姿挺拔，这太像相亲相爱的一家人了。

说到生活细节，那就更有趣了。雄树开花早，落叶也早，像个手脚麻利的勤快人。雄树先花后叶，先是短枝的顶芽基部爆出许多草绿色的花芽。顶芽处当然是叶的领地，叶芽刚冒出嫩尖尖，雄花就齐刷刷地开放了。雌树花叶同放，花期比雄花晚三五天，叶腋内单生，花形宛如瘦瘦的火柴梗，不细看，以为是叶柄。银杏叶，在长枝上螺旋状散生，如跳扇子舞；在短枝上簇生，如群蝶翩翩。

银杏的叶又和百草的叶不一样。霜降杀百草。霜降以后，登临书院山看看就知道了。登山的石阶犹如一架天梯，直抵山顶。如羁鸟归巢，这样的登临似乎更有仪式感。两株根相连、枝相交、叶相覆的银杏树在高山上矗立，代表的是温暖的家园、心灵的憩所。

暮春盛夏，两株古树葱茏苍翠，与众多植物相融。银杏叶是两千年前的样子，犹如此地的儒家文化一样，不被折损。秋天，太阳像一把大火，把禾苗烧成火红的高粱、金黄的玉米。这就叫金秋。庄稼既获，如薄雾似轻尘的银霜出场了，银杏叶却奇迹般地由绿转黄，满树黄叶竟如春天初绽的鹅黄。书院山绚烂起来，仿佛被聚光灯一打，书院山成了大地的中心。树上的黄叶像许许多多的鸣鸟挤在一起，热烈、繁华。也有许多叶子轻轻袅袅地飘落，落在树下，犹如金色的浪花，跳跃。看银杏换衣服，犹如目睹准备盛装出行的女子，细心地画了眉毛眼影，缓慢地描了嘴唇两颊，一笔一画秋黄冬凛。

银杏叶是一个个金黄的没有污染的色块，如同夏天的麦浪。此地的乡民对金黄的植物有一种天然的亲近。或研叶为末，和面做饼；或捣敷外搽，人们以药用的方式表达着对银杏的珍爱，与自然草木的心心相印。陈文伟《公冶长书院记》："裂石出泉，树稳风不鸣，泉安流不响。"如今的书院山依旧保留着古代的美。到处鸟语花香，到处是识鸟语的人群。布谷布谷，收麦种谷。识鸟语的现代版是遵从自然的秩序，以此安排农事，规范生活，达成人与自然的水乳交融。

也有青年男女将红丝带系在银杏枝条上，以树为媒，天地作证。也有研学的学生身着汉服，在两株古树旁正衣冠，行拜师礼，鞠躬礼毕，净手，然后齐声诵读《弟子规》，追随着两千年前的琅琅书声。

书院山，是一个文化的场域。此地的乡愁地标是两株古树。或守望故土，或终老还乡，古树高扬的树冠是我们遮风避雨的屋顶。书院文化表现最极致的是此地认真有序、精细有度的生活方式。此地盛产樱桃和草莓，土地的丰沃和乡民的智慧，以绿叶红果的形式生动地呈现着。此地乡民种地如绣花，教子如磨玉，耕读之乐犹如山中欢快的鸟鸣，响在天地之间。

湖心里的宝

　　"当缤纷的落叶吻着水面，搅乱一片蓝的欢欣"（王性初《蓝湖》），当我走向宝峰湖的时候，它纯净的蓝把我的眉毛也蓝得晶莹、通透。我一直习惯于抬头看天，蓝格莹莹的天。我的天，真正的蓝，原始意义的蓝，是一只魅惑的兽，它在湖里生长，繁衍，稠浓的呼吸，被风吹淡，吹远，形成了蓝天。

　　离宝峰湖的家远了，蓝天最幸福的事，就是做一个白日梦。它卧在湖心里，在柔软的液体里，呓语就像深海的鱼鳞，在寂静的深处生动着，水花一漾一漾的。都说游子浪迹天涯梦断归途，而蓝天一路高远一路深潜，它始终没有偏离湖心，它从来都不是异乡人。宝峰湖是什么，它是上帝指引的"流奶和蜜之地"，是祖先生活过的"应许之地"。在湖上行走，深蓝的光线开启了一个世外桃源、福地洞天。

　　好蓝。蓝得让人失明，蓝得人成了染料，即使远离宝峰湖许多年，也浸泡在内心的湛蓝里。树是幸运的。还是种子的时候，它被一阵风吹到石缝的漆黑里，湖的水汽就赶了过来，对岩石进行着缓慢的渗透，等到种子睁开眼睛，它以为还在梦中：刀劈斧削的石峰，正以树的姿势向上生长，一身毛茸茸的绿；湖水温柔的反光如一千只手，抱着绿树、岩石和流云，使得宝峰山成了一个温暖的摇篮。种子长成树，它的植株就是一条向上的河流。最小的支流在树的内里流动，不断地敲击树的表皮，表皮鼓胀，绿芽初绽，这是浪花的生长。你以为树的崇高理想是天空的寂寞吗？不，在宝峰湖，站得最高的树，它在湖里的倒影也最深最长。它向上的树冠有多茂盛，它在湖里的倒影就有多浓郁。一千棵树在向上接近太阳，一千棵树的倒影在湖里凝成巨大的碧玉，这是宝峰湖的博大，也是宝峰湖的奇迹。

绿如蓝。岸上的树，湖里的影，俯仰之间，是平仄分明音韵谐和的唐诗意境。如果说，树是宝峰湖精巧华美的修辞，那么，四围的砂岩石峰就是乱中有序平中见奇淡中显浓的叙述了。

湖水宽阔处如平畴。这武陵源最干净的容器，容纳着绿树岩石白云蓝天，它是男人裸露的胸膛，承载起惊蛰清明霜降大雪。搭乘游轮前行，狭窄处的湖水如一柄亮剑，剑落石开，峭立的石壁如硕大的鸟翅在两岸伸展，海拔一千米的高处，宝峰湖在飞翔。云移浪卷，石峰砂岩也呈现出不同的层次。看哪，在宝峰湖的羽翼，一棵树站稳了脚跟，一块凸出的岩石做了它坚硬的底座；一条蛇行的山路，拨开密密匝匝的树影，一头扎进湖水里，畅饮；石壁多被绿色覆盖着，间或也有红色的花朵，犹如三两盏神灯，被土家族的梯玛点亮了；两岸绿浪滚滚，偶尔闪过裸露的山岩，土黄色的山岩，就像一张大神的脸，面对着美丽的流水和无涯的时间。这些景致被湖水一一收藏。在石峰岩壁上，各种事物都相对独立，投射到湖水里，他们的界限趋于模糊，甚至消失。岩壁的灰和植物的绿被清澈的水融合、分解、重置，就生成蓝黑，一种新的颜色，似是鸿蒙初开，天空刚刚醒来。明快的倒影出现在向阳的湖水里，绿的色块被阳光鼓舞着，闪着金光，流动的波纹则把这些金灿灿的光提炼成很多很多的碎金子，让人眼眶发热。背阴的一面，树影浓浓，山石黑黑，湖水如幽蓝的墨汁漆黑的夜晚，最灿烂的是它的边缘，阳光的手给它镶了一条变幻着的金边，远远地看上去，像一幅远古的宗教绘画，黑暗的光芒更加醒目，也充满了神秘。

石女出现了。这是一块活着的石头，宝峰湖是她的根。她的眼睛、眉毛都是天生的，就连发髻，也是上天的赐予。被无边的荡漾的绿簇拥着，她站在湖边，颔首低眉，眼睛里充盈着柔和的温水，微倾的下颌保持着对湖水的亲近。她在谛听流水的节奏，她在等待远征的男人？所有的解读都是名正言顺的歪曲，她只是一块石头，依然像人类的童年那样，坚持着天真的姿势。犹如人类的成长，这石头慢慢地呈现着她的眼形、她的唇线、她的呼吸、她的安静。她有了美丽的端庄，温柔的体态，甚至淡淡的忧郁。我不知道一个人的耐性能坚持多久，一个人恒心的最大值又是多少。人与自然的关系，这简单的问题被哲学家研究了许多年，被文学家写作了许多书，在宝峰湖，石女用她不变的姿势传达了一种生活方式。美好的生活是什么，就是一辈子都生活在宝峰湖的身边，亲近自然，保持"不变"，不去改变什么。

宝峰湖是伟大的湖，神性的湖，它的梭罗还没有出生。它是自然的湖，明净的湖，梭罗们尚未去砍树筑屋，以破坏自然的方式去"尊崇"自然。只有梯玛神歌在流传，悠远的湖宽阔的湖，是它的声带，它的音域，它的气场。

梯玛神歌的每一次演出，都退回到一个古老民族的起始，从"神之殇"的悲怆一路歌舞，奔赴"神之天堂"。一部伟大的民族史诗绝非华美语言的艺术拼接，它需要宝峰湖成为它的韵脚。土家的少女和小伙，头戴面具，像野牛一样跨步，跳跃，奔跑。土家族历史深处的生活真相，被光亮在湖水之上。古歌盘歌皆是土生土长的土家语，祈福哭嫁的肢体语言已是全世界的词根。战争结束，家园重建，土族少男少女们手拉手，聚成一个湖，欢乐洋溢着，他们浪花一般向四围飞溅，溅到树枝是新叶，飞到天上是流云，回归湖水是鱼神。

念念不忘。小小的竹排上，一个少女在划桨，一个少女在戏水。少女们脸如鲜荷，腿是嫩藕。只一眼，就想一头扎进宝峰湖里，做一个幸福的溺水者。

蓝色的经典

面对蓝宝石这经典的作品，我们能看到什么？

在昌乐宝石城，这些深蓝绿蓝天蓝的宝石，摆脱了石头质朴沧桑的模样，成为华美的修辞，把整个宝石城渲染成童话里的宫殿。就像乡野的村姑，当她戴着天蓝的头饰，身着绿蓝的裙衣，满含深蓝的注视，款款走上大红地毯的时候，"蓝田日暖玉生烟"，昔日被太阳照射的玉体，已然成为新的不为风雨所惊扰的光源。在深情的对视里，我们看见了，深蓝的光线和剔透的质地共同描绘出的女性的身体，那明净沉着的眼神，那安静自持的姿势，无不显示着大地的旺盛的生命力。

在我们视觉的终点上，石头裹挟着华丽的梦境出现，它往往会让我们生发出两种截然不同的感受。其一，它存活在时间之内，是时间之树结出的果实，它是历时态的，它的成熟得益于风雨的润色、阳光的雕刻，也得益于它对顽石他日成美玉的信念的坚定不移。它的出现，暗示着土地内部潜藏着巨大的能量，而我们供奉宝石，是为了表达对大地的膜拜。其二，它是对时间的一种挑战，是永恒的有力的物证。千年的时光走过，它的姿容深蓝依旧，它的表情波澜不惊，时间更像是一种幻象，花红、草绿、宝石蓝都以事物最基本的状态存在，仿佛在时间之外呼吸。

如果是后者，那么，昌乐就是一块神性的土地。早在3000多年前的西周初期，姜尚就把昌乐的营丘选定为齐国的都城。这个在民间被炒得神乎其神的开国功臣，在大封诸神之后，他面对昌乐千里沃野，预言了蓝宝石的存在。西周以降，这里的人们供灶神也敬玉皇大帝，叩关公也拜西天佛祖。众生之神，就是打通理想图景和现世生活的通道，也让人们对周遭的一切充满尊崇和期待。东方"泛神论"的根深蒂固，让人们觉得万物有灵，把每一棵花草树木都视为自己的朋友，把每一种飞禽走兽都作为我们的同类。一个牧童举起的鞭子，突然僵在半空，他看到了一块石头，一块寻常的石头，他忽然觉得，那石头里面也许会蹦跳出一个齐天大圣来。石破天惊：1986年，昌乐发现蓝宝石！它与钻石、红宝石、祖母绿并列为世界四大名贵宝石。3000多年的漫长岁月，就像一个梦，梦的彼岸是齐国的开元之治，此岸是今天的和谐盛世。蓝宝石，似乎刻意远离了纷乱的马蹄、四起的狼烟，它把两个清明的时期作为端点，以沉潜的安静和超人的耐性等待着，使得大地的蕴含在今天以物化的形式得以呈现。

我试图从精神的层面上对蓝宝石的出现做出自己的解释，或者大胆的猜想。当车子离开昌乐宝石城，驶向乔官远古火山口的时候，我眼前的道路渐渐开阔起来：回到原点上去，回到事物的起始状态，总能让我们看到一些东西的。这个原点，不是愚昧落后，而是事物原有的存活方式，人类稳固的生活起点。

由国道转入省道、乡间小路，乡路消失的地方，火山遗址站立起来，一根根排列齐整的五棱或六棱石柱，就是从远古延伸过来的道路。世界初始的地方不止一处。轻易到达一个原点，却让我沉默。火山遗址有着亿万斯年的履历，却是处于沉默中的事物；而我的简历用几行文字就可以覆盖。

地质学家照例把古火山的形成，归结为古代地质运动的结果。乔官火山遗址是1800万年前因地壳运动而成就的一些巨大的第三纪玄武岩石壁。火山喷发是天地之间一声吼，这一声吼却是积聚了亿万年大地的能量，这能量就像一把利剑，劈开高山和平地，即使一根根石柱也有手起剑落应声而开的裂痕。这次熔岩喷发，抬高了人们看世界的视线，也使得蓝宝石像深闺里的女子，露出了她蓝色裙裾的一角，让人得以窥见大地的丰盛和神秘。

我想继续推进我的想象。这些笔直、倾斜或者由笔直而倾斜的石柱，把我的目光拓远了，仿佛鹰翅远去，又像是从新生代望过来一样。我看见天地之间的一双巨手，推倒了世界的多米诺骨牌，重新规范它的秩序。这双手大刀阔斧地划分平畴的温厚和高山的峻拔，又穿针引线，为一切事物设定精巧的细节。它让火山塌陷的坑蓄满晶莹的期待，像眼珠一样顾盼自如，吸纳周遭的事物，石柱的倒影变成水草，水草又变成鲜活的游鱼。它让所有的石壁有着粗犷的线条，以便阳光以最迅捷的方式照见它所钟情的事物。根根石柱排成万卷书脊，我看见，这双手翻动着，哗啦啦一页翻过，阳光显出轻微的激动，"书中自有颜如玉"，是深蓝的玉石，在和阳光进行着深情的对视和对话。物华天宝，蓝光映艳阳之辉。蓝宝石，是大地结出的果实，经由熔岩的火热使它成熟，然后，去呼应太阳洒落的金色的光线。在三维空间里，蓝宝石就兼容了高山的坚固恒久、水流的晶莹透彻、太阳的璀璨夺目。

关于人类或者某地的原点，较之历史学家的论断，或许神话传说更能深入民间。而神话传说，本身就是一种超越时空的想象接力。我在想，昌乐的先人是怎样找到这片火山群的。他或许是一个勤劳的汉子，山风吹来，四野寂寂，但他坚信靠山吃山的治家格言，他面山而居，山就是一个敦实的粮囤呢。或许，他本身就是一位行吟诗人，他为大山遒劲奇异的线条所着迷，他要读懂这些竖排的诗句，他念叨着"石柱""诗句"，停下了流浪的脚步，谁曾想，他和他的后人要解读的，是一个庞大家族的遗传密码。

绵延横亘的山体，更像一些温暖宽厚的胸脯，容纳着天地和时间，它是母性的，它安静地等在那里，等待一些可能倦飞的翅膀。你可以扑向它的怀抱，也可以挣脱它的慈爱，它提供的是最基本的母性，佑护你，但不束缚你。它采撷着阳光的丝线，编织家园的温暖；它吸纳着土地的金黄和树木的青翠，孕育自己的胚胎。它懂得"玉不琢不成器"，打发蓝宝石们远离山体，栉风沐雨，上升为异地的星辰。我一厢情愿地认为，蓝宝石就是石中的奇女子，它出身山野，它的肌理、肤色乃至表情，全都来自大地和天空，它当然是民间的大美，就像秦淮八艳，就像薛涛苏小小，有着内里的积淀和外在的气度。想起蓝宝石被命名之前，曾作为火石点燃家园的锅灶，大腹便便的锅灶吞吐着理直气壮的炊烟。这多像下凡的仙女，荆布粗衣，从从容容，以它母性的光芒照耀民间。

走出火山口，我频频回望，连绵的火山仿佛远古伸出的一条巨大的手臂，围拢着大地和村落。阳光就像一群光明的鸟，在山上跳跃着，金光闪闪，仿佛亿万年的岁月醒了，蓝宝石睁开了它美丽的眼睛。

山阳明月光

　　去山阳，是在一个春光明媚的上午。阳光很慷慨地铺就前行的路程。我们就像一群嗡嗡叫着的蜜蜂，沿着这样一条芬芳的香径，寻找那大片大片的油菜花一般汹涌的金黄。

　　山阳就是一株向日葵，只在白昼的阳光里呈现着它的全部美丽。

　　大地的色泽明显地受到了阳光的润色。小麦肯定能感受到阳光的特别。那些苗条的小麦曾经汲取了大地的土黄，染就一身的绿罗裙，在漫长的冬天过后，拔节，抽穗，把内心的愿望飞扬成细碎的花粉，以赢得太阳的青睐，让金黄的琼浆灌注它们的植株。从眼前的满田碧玉遥想他日的遍野黄金，我清楚地感到了阳光的重量。山阳是什么，它是阳光的梦工厂，山势的起伏跌宕使得阳光更有层次，岩石跃金，远树凝碧，山风吹吹，阳光荡荡，每一分钟都有崭新的内容呈现。

　　这是我对山阳的一次诗意的想象。一路上，想象山阳，犹如推开窗户看天，山阳，它给了我温暖敞亮的感觉。它甚至让我想起一种古老的生活方式：一群老人窝在冬日的南墙角晒太阳，阳光就是最贴身的一件棉袄，密布着金黄的绒毛，晒着晒着，陈年旧事越来越轻，就像旧棉絮，慢慢舒展开它的褶皱，变得蓬松轻软，包裹着一个人暮年的光阴。

旧时故乡的南墙，那是世间最温暖的地方，阳光的宽厚慈祥和生活的安贫若素，在那里都不缺乏。天上的太阳青睐的地方，一定具备着天堂的美质；或者，那里有便捷的路径，直抵天堂的辉煌。

我们要去的山阳，是一个在博陆山之南晒着太阳的村庄，在它的西面，潍水像一条洁净的丝巾，浮动着脆薄的凉风。一面依山，一面傍水，地理的奇妙组合让山阳成为一个美好的所在。据说，在远古刀耕火种的时代，这里已是人声嘈嘈炊烟袅袅。那些喜欢阳光也喜欢石头的先民，把村庄建在山之阳的平地上，北望陆山，西视潍水，他们感到的是一种依靠，一种热烈和平静相依偎的境界，还有一种简单而又丰富的大地智慧：人往高处走，水往低处流。这山水的清音几乎囊括了人生进退之间的所有路程。

山阳，西汉时司马大将军霍光封地，西北的陆山也易名博陆山、霍侯山，《汉书》载："霍光为博陆侯，封于北海。"博陆山名字的变迁颇耐人寻味，它表明了传统意识形态的坚不可摧。山阳渴望博陆山能像敦实的粮囤一样给它的后世子孙以生活的保障，也把拜将封侯光宗耀祖的儒家思想凸显出来。陆山王姓五世祖王昂，因为栽培梨树有方，成为远近有名的巨富；嘉靖十四年，他的外孙葛缙中进士，官拜兵部左侍郎。山阳人把这样的造化归功于博陆山的存在，山之东一隆起的土丘名曰霍光冢，山之西有幽深的山洞人云仙姑洞，人们试图从博陆山的奇异性中验证地灵人杰的地域优势，但归根结底是他们的家族理想在影响着族人的生活方式和价值取向。霍光冢，仙姑洞，山之巅的"汉武望陆台"，这样的命名无疑是一个传世百代的总体规划，其牢固甚于任何物化的建筑，建功立德，其思想的渗透也无时不在，就像麦穗在太阳温热的注视里成熟，又如岩石在风雕雨塑中呈现出独特的造型。

博陆山东南坡有王氏先祖王昂墓地，占地不大，却也匠心独运。一色的青石构件，外围几棵青松成半圆形肃立，青松之外是山体围成的天然护墙。长方形石墓之上，十柱青色条石分列四方，前后各四，左右为三，条石之间又以横向的条石贯穿着，一眼望过去，这种造型极像一家人手拉手肩并肩心贴心地连在一起。正中是矗立的墓碑，其前是浑圆的石雕香炉，凹雕"聚宝盆"三字，是隶书，字体方劲古拙，爽爽有神。墓碑左右有石狮各一，其外是庄严肃穆的石碑，左刻"孝德永存"四字，右书四字"敬宗追远"以呼应。整个墓地建筑体现了天圆地方的宇宙观念，核心建筑的空间组合突出了聚族而居的儒家思想，外围构件呈扇形层层展开，就像"修齐治平"，逐渐地向外辐射。

王昂墓地之东，是一片碑林，长方形的墓碑对应着半圆的坟墓。远远望去，是远去的故人在山之阳扎堆晒太阳吗？晒着晒着，就披着煦暖的阳光睡着了，一脸的幸福与自足。处于春天、阳光和温暖明亮的中心，"他们的死亡就像熟睡一样安详，他们拥有一切美好的东西"（希腊·赫西俄德《工作与时日》），《工作与时日》是西方历史上第一部现实主义作品，古希腊"人们像神灵那样生活着"的场景同样存在于活的山阳大地之上。

博陆山，海拔不足100米，却是山阳精神的高地。它为我们提供了一个更大的视角。

登山北望，大地敞亮，自西而东，是一幅奇异的场景。潍水蔚蓝，它是大地中心的一道亮光，照耀着河边的水草和庄稼，让绿的碧绿，黄的金黄。相对于石头稳固的生活，潍水的流动为河畔的人生提供了另一种可能性，这里的人们很早就漂洋过海，去南洋打捞异国的阳光。固守家园与闯荡世界，耕读渔樵与济世救国，就像两个不同的声部，和谐在一曲生命的大音和家园的交响里。潍水之东，是大片大片的作物，仔细看，这片耕地也不是单一的色调，而是碧绿的小麦、洁白的地膜和金黄的泥土交互呈现，使得大地成了一个调色板。还有些单调吧，田间地头站立着那么三两棵树，沉寂的色块也变得鲜活起来，春风吹吹，种子在松软的黄土里做梦，幼苗在暖湿的地膜下呼吸，植株在温热的阳光中拔节吐绿，共同构成了一个家族的众生喧哗。这样的一段过渡之后，新的光出现了。耕地东南，千树梨花飞雪，大地一片洁白。玉洁冰清的色。玉骨冰肌的貌。好白！蜂拥而至的白，让人色盲，让人眼前生出无穷的幻觉来，让人觉得大地原本就是一片流银样的洁白。望着望着，似乎看见每一根树枝上都悬挂着一轮月亮，每一轮月亮都闪着洁白无瑕的光芒。

山之阳阳光充沛，尤令人内心敞亮，梨花节开幕式上人头攒动，各色小吃香气乱撞，到处洋溢着俗世的欢乐和介入生活的热情；山之阴月光荡荡，一树一树的白妆素裙，宛如静女月下伫立，美丽得让人心疼。如果说山之阳是阳性的，热情爽朗，有着岩石一般的沧桑面容和鲜明棱角；那么，山之阴则是阴柔的风花雪月，是芳春照流雪，是玉颊洗风露，是万顷琥珀光，容颜如玉，倩影翩翩，寂寞出春暮，在桃李已现倦容之时，梨花是多么的超尘脱俗，多么的高洁清逸。热烈与凉薄、粗犷与细腻、坚硬与柔情、喧闹与安静、世俗与精神，就这样奇妙地融合在大地之上，这实在是大地的奇观，地理的奇观，文化的奇观。也许有人对此不以为然：大地本来就是这样的嘛，写作者喜欢粉饰所见拔高所写罢了。如果一条河流涌动着五颜六色的垃圾，如果砍了梨树打造水边度假别墅，那又是怎样的景观？在这个战天斗地的新时代，大地上的事物能够保持原在，本身就是一件惊心动魄的事情。

千年梨园有多个截然不同的入口。从梨花节开幕式现场侧身而入，有一条硬化的旅游线路，可以买到去年的谢花甜、马蹄黄和刚刚疏花之后的落英，可以遇见千年梨王，站在大红地毯上，与它合影。另一个入口是登山北望，模仿当年汉武帝的行为方式，获得一个异于平地的视角。以不同的方式进入，看到的景观自然相异。我的双脚一踩上松软的沙地，就有一种脸红心跳的感觉，似乎是碰触了女人的某个敏感部位，我甚至担心给踩疼了，却又想多逗留一会，延续这种亲密的接触。梨花就在眼前，我确信它们看到了一个花痴。轻轻拉近梨花一枝，我的鼻子努力地往花瓣上贴，故意作深呼吸状，似有淡雅的香气。在凝视梨花的刹那，发现它也素面向我，心头一颤：它的洁净清婉让我想起了初恋。学校要举行歌咏比赛，晚饭以后，我们全班同学都要进行排练，在自己的教室里，有时也去抢占比赛场地，男生女生一律的白衬衣黑长裤，就像一个个音符融合在一曲大合唱里。不用刻意细嗅，我也能呼吸到她的淡雅的香气；不必凝神谛听，我也感觉她的歌声经由我的耳朵触电般传遍我的全身。初恋是世间最美好纯净的情感，但遗憾和伤感也往往是它的赐予。

梨花，让人变得脆弱感伤。"玉容寂寞泪阑干，梨花一枝春带雨"，是白居易的诗歌，我觉得，这绝美的十四字是描写梨花的上品，它不仅传达了那等在季节里的容颜的寂寞之状，也呈现了在空间上梨花那让人不忍碰触的美丽之姿。寂寞无形，却使时间起伏涨落，空间愈加空洞和宽阔，在这清冷的寂寞里想抓住什么，于是思念就乘虚而入，此时的伊人，蛾眉间锁淡淡愁，眼睫上挂莹莹泪。梨花是古典的静女形象，它安静自持，真真的爱恋，默默的哭泣。在这样的美丽面前，我宁愿是一滩稀泥，软弱无助，任凭梨花的珠泪一滴一滴，击溃我的身体。

梨花让人柔情似水，梨枝却使人从容如风。山阳有着敬仰祖先也敬仰神灵的古风。这种敬仰，使得先人的血脉和智慧得以向后传递，后人也拥有了历史的眼光；这种敬仰，让梨树生长了一千年而不倒，年年春天都捧出一树娇嫩的花朵。梨树低矮，称得上树木中的弱势群体，但它的每一根梨枝都状若虬龙，质如坚铁，都从时间的深处延伸而来；梨枝的每一次纵向或者横贯，每一次执拗或者弯曲，看似随意自然，实则是梨树"在每一个微小的自然细节上做出的深思熟虑、天衣无缝的应对"（李敬泽《大地上的标记》），比如冷雨来袭，比如蜜蜂飞临。

千年梨园，万顷月光，在这恒定不更的场景里行走，恍惚间，竟如时空穿梭，沧桑的历史以树枝的姿势出现，而鲜亮的今天则以梨花的方式绽放。

摘药山，绵延千年的四月天

这是一个四月天，是摘药山的四月天。

"笑响点亮了四面风；轻灵/在春的光艳中交舞着变"（林徽因《你是人间的四月天》），我们从一个城市来到一个乡野的四月天，也是文学的四月天。高楼远逝。村落朦胧。晴光如洗。蜿蜒山路上，空调大巴里，从小城到大野的行程愈见丰富，仿佛一枚核桃，坚硬的外壳剔除了，内里的芳香徐徐弥散着。

我们体验的是当年老子行走的路线吗？老子骑青牛紫气东来，我们的坐骑是自诩为物质文明的钢铁怪物，一路烟尘。在速度上，我们也许和老子相差无几，但在感觉上却相去甚远。祥云是行程诗意的韵脚，汽车的尾气却像恶俗的词根，紧跟在空气质量后面，如同鬼魅。当下的人们在时间车轮的疾速驱动下，对大地的感觉短暂了，迟钝了，麻木了。逃离钢筋水泥凝固的世界，在老子当年生活的地方，我们能寻得一两棵药草来救治我们的知觉吗？

想象这样的一个时节，那个官至周守藏室之史的圣人突然感到朝服对他的捆绑，他需要一个无拘无束的所在，让宽松的袍袖之间大风起兮云飞扬，他是怎样找到摘药山的，是草药涩涩的气息找到了他的嗅觉，还是胯下的青牛被满山的青翠所吸引，不自觉地在岩石上俯下它硕大的身子？攀山岭，触云行，老子停下来的地方奇迹般在山之巅展开连绵的葱茏与明净。近听风声与鸟鸣合奏足以静心，远望山峦和云彩遇合亦可骋怀，逃离周室庙堂，处江湖之远，却得到了天地之间最高的礼遇。这是公元前511年，周敬王9年。这一年，老子采药炼丹摘药山。明代以降，供奉老子的太清宫是摘药山海拔最高的地方，其下是玉皇殿，殿前为太平阁，东有碧霞祠、老君台、观日台、望海亭云端矗立，西侧十王殿、三官庙、仙家庙、千手观音菩萨庙与之呼应，构成大山的崇高。

山中无甲子。松树的苍翠、岩石的青灰、鸟鸣的清脆，共同营造了一个美丽的骗局，混淆了季节的界限，也显得时间无比缓慢，给人以天长地久的感觉，让整个人松弛下来，在山中度日如年，就是把一日过得像一年那样漫长而丰富，在一日里经历初春和盛夏，承领雨水和白露。事物之间的界限模糊了，似乎都在回到无形无相的状态，老子恍恍惚惚，他在说着一个人的梦话："视之不见，名曰夷；听之不闻，名曰希；博之不得，名曰微。此三者不可致诘，故混而为一。"（《道德经·十四章》）老子通过理解自然来颖悟大道，他认为道就在自然万物里，又超越了万物的具象。老子，人类历史上第一位哲学家，他以自然为师，并把自然内化为人类的精神本身，进而为人类个体生命的生存提供心灵的智慧。

在山中，当老子面对无涯的时间"致虚极，守静笃"之时，攘攘尘世，又会是怎样的一些场景？单说孔子。老子的行走是一个神奇的传说，是个人的有氧运动，而孔子的游历则出于时局的混乱，企图以个人介入现实，经世济民，他和他的弟子们一路烟尘四起，下了马车，束带整冠，捧着三纲五常向君王走去，似乎只有宏伟的宫殿才能把他的声音放大到振聋发聩的力度，可是廊柱无动于衷，御座面无表情。老子和孔子擦肩而过，距离越来越远。一个隐匿在层层密林，一个淹没于重重殿宇。

在孔子奔赴的那些城市，如今的四月"是最残忍的月份，在死去的土地里哺育着丁香，混和着记忆和欲望，又让春雨拨动着沉闷的根芽"（艾略特《荒原》），山野给我们以抚慰，它把春天悬挂在每一根树枝上，用树叶温情的手掌轻轻拂去我们的负累。这是我模仿艾略特的口吻说的一句话。老子以后，深山悟道成为一种时尚的行为艺术，老子归隐大野的动作被后人竞相模仿，炮制出一个个修炼成仙的传闻。老子被尊为道教教祖、道德天尊、太清大帝，被神化被成仙的同时，他在《道德经》里提供的山野智慧也被森严的庙宇所遮蔽了。

摘药山并不高，据说海拔495.1米，山路却是十分的陡峭，去山顶，只有徒步攀登。向前迈进一步，有时手脚并用，攀住石棱，揪紧草棵，抓牢树枝；有时路陡地滑，要像鸟一样从一根树枝飞往另一根树枝，双脚则施展凌波微步的功夫，稍不留神，就会免费体验一下高山滑草的惊险。这样的一段路程，让人想象着当年老子采药时的艰险，自己也仿佛完成了一次修炼：登山的时候，山路一点一点逼走你身体里的浊气，让你卸掉尘世的负累，然后用富含氧离子的山风吹拂你，洗你的脸，润你的肺，振你的衣，使你耳聪目明神清气爽脱胎换骨，完全不同于尘世的你，"为天下溪，常德不离，复归于婴儿"（《道德经·二十八章》）。这就是老子得道的路。

自然即道。道在山中，道在树上，道在风里。自然有足够的生存智慧，美国作家梭罗曾经写下这样的文字："大自然用这样或那样的钓饵把人类把地球上的居民引入它的幽深处。"

摘药山又名摘月山，犹言登临手可摘月，此地方言里"药"读作"月"，因古时山上柘树密布，时人皆呼柘山，如今柘山横亘绵延，成为一个行政区域的名字。我第一次听到摘药山这个名字，就对它产生了由衷的敬意。那是二十多年前，我在师范上学，县文化馆的诗人薛炳章创办了一份四开对折的文艺小报：《安丘文艺》。他说，要大量刊登文学作品，并设立"摘月山文学奖"，每年评选一次。当时，只有我一个人在场，是一个周日的上午，他吐字很清晰，就像那年春天的阳光，穿透文化馆二楼的玻璃窗，径直投射到我的身上，暖烘烘滚烫烫的感觉使得现实里一头温顺的绵羊蜕变成诗歌的豹子，那些年，摘月山在我的诗歌里时常出现，它成为一个人的诗歌图腾。后来，知道那山就是摘药山，内心的诗意趋于平淡，山野的气息却异常浓郁起来。

我的师范同学文卿就在摘药山脚下的一所山村小学教书，去年和他一起登山摘月的时候，他已是那所小学的一校之长，还是当年那个有一点腼腆的大男孩，和风细雨地说着同学少年，嘴角一抿，就是一个文静的笑容。去他的校园一转，转过身来看他，依旧是那种熟悉的微笑。他在摘药山下一待就是二十年，他的学校也没有旧貌换新颜。低矮的红砖瓦房只是顺应地势生长着，远远望去，倒有重重殿宇层层高楼的视觉效果，或者说，这些教室看起来不像是人为的建筑物，而是一些起伏跌宕的峰峦。文卿依旧卑微，未曾见他移植什么前沿的教学理念，然后偷梁换柱，包装成语重心长的校长语录。或许，从一开始摘药山就是他内心的图纸，他所能做的就是让山里的孩子坐在逼仄的教室里，一抬眼就看见了层峦耸翠飞鸟往返。我看见的最直白的砖墙被赋予了深刻的校园文化。学校组织编写了校本教材《老子文化集萃》，当书中的文字用毛笔浑圆饱满地写在一面面砖墙上时，那些砖墙就脱离了水泥砖石的束缚，成为活着的建筑，它们像柞树一样伸展出千枝万枝葱茏，悦你的目，净你的心，引你走向万物蓬蓬勃勃的自然世界。进入校园的第一面文化墙是"走近老子"，然后是"认识老子"、"感悟老子"，这是一种校园秩序，精神的秩序，它在每一个阅读者的视野里井然有序。

这次去摘药山，文卿去了我离开的地方，傍晚就能赶回来。马敏还在，这个上学最喜欢分行错行移行的家伙，如今是以乡镇干部的身份出现的。或许是经常开会的缘故，他的发言在挑战我耳朵的承受力，在车里，在山中。他的一些话，我记不清了。记得清的言语，却被我私自拆开、移动、重组，表现为如下的场景：老子文化广场的台阶是有根的建筑，《道德经》是它的根，它铺设于经典和大地之上，"道生一，一生二，二生三，三生万物"（《道德经·四十二章》），是"道"指引你抵达高处体察万物之往复的；农历3月15日老子庙会这天，广场上人山人海，香火缭绕，彩旗飘飘，山蟹子、山蝎子、山鸡、山菇、蚂蚱、板栗、花生、芋头、地瓜、柿子、核桃、草莓、苹果、大枣、小米、笨鸡蛋、水晶梨、大樱桃等各色山货从老子塑像前一直排到大山深处，老子手持经书，像是在从容地指挥调度。马敏远离了诗歌的语境，却接近着摘药山的美好。就像一抹翅影，"摘月山文学奖"这个语词一闪而过，牵引出一片高远的蔚蓝。

四月天，当阳光又一次投向这个156平方公里的山区小镇时，最先光芒四射的是摘药山。这座柞树、云松、板栗、槐花、茅草、丹参、远志、瓜蒌、黄芹、生地、玄武石、石灰石共同簇拥着的高山，因为处于大地的中央而被无数美好的事物所环绕。白云被它感化成甘霖，流水被它打磨成翡翠。一棵小草在它去年的根上拔节，一只雀鸟在开辟着绝不雷同的飞行路线。大山的子民呢？他们只要每天劳动在摘药山周边，心里就特别踏实温暖。春华继以秋实，青翠接续枯黄，环绕它的一切都在变化，山的子民仰望的姿势崇拜的眼神内心的指向永远不会改变。

山脚下，樱桃正红。樱桃是"百果第一枝"，它红艳光洁圆润丰盈，在人间四月天里呈现着它的全部美丽。"懿夫樱桃之为树，先百果而含荣，既离离而春就，乍苒苒而东迎"，一树樱桃使后梁宣帝的文字从古代延续到今天，并呈现在摘药山四月的天光里。一切美好事物都有固定的精神指向。飞鸟归巢。树枝摇翠。一朵黄色的小花在自己的荫凉里陶醉。浅浅的樱桃花，掩隐在枝繁叶茂之间，积蓄生长的能量，就像日出扶桑，刹那间爆出一树小小的红太阳。像珍珠，像宝石，那是大众的比喻。早春第一果，它红透在摘药山下，而并非城市的阳台上，一定有着非同寻常的意义。

采摘樱桃时，我们异常的小心谨慎，生怕碰落了其他的玛瑙，毕恭毕敬地伸出灵活的右手，接近红果时，拇指和食指郑重地靠拢，捏住纤细的樱桃蒂，轻轻地掐断，千片碧油里的一颗红珠才成为手心里的宝。整个采摘过程需要足够的细心和耐心，有着仪式一般的庄重和虔诚。由此想到老子采药修行，或者孔子周游列国，这些思想家们并非摇唇鼓舌者，而是在用个人的行动构建一种思想体系，依照这种思想的导向选择着自己的存在方式。采摘樱桃时，我们只是出于内心的一种珍惜，"豫兮，若冬涉川；犹兮，若畏四邻；俨兮，其若客"（《道德经·十五章》），在无知无觉的状态中，我们却再现了老子的行为方式。

车经过一个叫桥上的村庄时，内心一颤：两棵粗壮的柏树枝叶缠绕，相与为一，自有一种安静端庄、沉稳富足的气质。它们的位置十分含蓄，不在两条大街相交的中心，而是谦谦地挪移了，和幢幢屋舍偎依着。靠街的一家店铺，门开着，灯光从容不迫地泻到街面上，使得村庄的生活秩序越来越明朗：人们雀鸟一般翔集，自在欢喜，不论日子疏朗还是稠密。

两棵千年古柏，有着一个让人心动的名字：情侣树。

在路上，默诵着明月，我的内心渐渐敞亮起来。千年以前，一粒种子与另一粒种子奇迹般地相遇了，如同一位北宋的失意文人遇见了密州（今山东诸城）的明月，在他与明月对视的瞬间，半壕春水、一城花突然有了一种平静温和的表情。一个村庄是两棵古柏不断繁衍生息的结果。是古柏让周边的土地显现出质朴温情的模样。或者，一种务实、坚韧、澹定的生存方式，一旦扎根，就不再迁徙，只是通过枝条树叶向更加辽阔高远的空间，辐射。

月亮升起来了。

北方的小镇，房屋像黄土地上生长着的庄稼，井然有序，质朴沉定，在格局和底色上深得月色之美。屋舍上的窗，方方正正地敞开，回应着月光的慷慨和坦荡。在北方的月夜，放眼望去，房屋、河流、植物、高山，一切是那么的安详自足，守着自己的颜色，郑重自持。月光荡荡，如银似水，月光下的事物显得安宁但不呆滞，明净而又豁达。在路上，不止一次，想起苏轼，想起他的《水调歌头 明月几时有》，在密州的月夜吟诗作赋，声音自然起伏跌宕，如月光飘飘荡荡，翻过山岭，穿越丛林，顺着四坡的屋顶，流泻，成为脉脉的流水。"但愿人长久，千里共婵娟"，在此时此刻，感受山高水长，觉得时间慢慢静止下来，只有宋时的明月，照亮眼前的道路，平静，坦然。

一个人，如果在生命的伊始就接受古典诗词的启蒙，那么他以后的脚步，也必定踏着这些诗词的韵脚。

《水调歌头》，呈现着这样的人生之旅：少年轻狂，对陌生地域抱有幻想；青年迷茫，在纷扰尘世里沉陷倒塌；中年超然，风清月朗。

此刻我在马耳山。一杯酒在一首诗里涌现，一首诗在一杯酒里举起，在我的直觉里是同一件事情。月亮是一个心灵的磁场。它的光芒耀射到哪里，哪里就聚集着一群偃仰啸歌的人。马耳山，依然是一阕逸怀浩气的宋词，它的声音一经传达，就像主峰并举的双石，你能看到声音里的一种峻拔挺立。《水调歌头》，有着这样的空间形象：一位须发飘飘衣袂飘飘的文人，他用一樽举起明月，在一杯琥珀光里，看到了内心和外部的光亮。《水调歌头》，宋词的新春气息，连绵不绝的绿，超拔挺秀的山。吟诵着这首词，仿佛置身山之巅，植物的墨绿枯黄，山石的竖立斜倚，无遮无拦，尽收眼底。

"明月几时有"。酒杯之上，是马耳山；马耳山之上，是"青天"。"把酒"，我们复原着千年以前的这个举动，通过这种仪式，能否完成生命的举轻若重？所谓的悲欢离合阴晴圆缺，被一杯酒轻轻溶解，在酒杯之上，期待获得高于现实的美感。

今夜的马耳山，疑似天上宫阙。在这个酒香与山色相融合的冬日的夜晚，对于内心敞亮的人，许多往事被激活，饮月光，问青天，似乎只有在密州，沿着《水调歌头》的平平仄仄，才能领悟生命的笃定和超脱。起舞弄清影。这样的夜晚，一杯美酒的在场，使得我们栖身于琼楼玉宇。它是现实的一个支点，让我们得以站在心灵的高处，眺望明月。

写作《密州是个洲》的时候，正是春天，我的目光在一片又一片温润嫩绿的水域里，游动。在密州的日子，仿佛行走在宋词里，辽阔的平静，连同一丛一丛碧绿的惊喜，让我的目光有了不易察觉的改变。我觉得，诸城称作密州，似乎更能蕴涵宋词的意境，不曾想，诸城的得名源于上古的名君舜帝，他就出生在城北的诸冯村。看了博物馆里的"巨大诸城龙"（世界上最高的鸭嘴恐龙，高9.1米，长16.6米），目光一下子荡远了，像水波远去，又像是从中生代望过来一样。

今夜，一杯"密州春"的气息，覆盖了我关于密州的所有记忆，我的内心汹涌着一条大河，它的支流遍布身体的每一个毛孔。时间可以改变许多事物，它可以把水和月光酿成醇香透明的液体。水和月光的融合，犹如两棵柏树的共生共荣，衍生着更多的美好事物。

作为一个美好的偏旁，在汉语语汇里，"月"跟身体有关，它并不是一个不胜寒的高处物体，而是我们身体无法割裂的一部分。密州的许多民居在庭院里留了一个"月亮门"，用它来迎送日月，迎送过路的风声翅影。转朱阁，低绮户，月亮成为灶间的锅，桌上的碗，甚至是精工细作的锁扣，给四平八稳的柜橱平添了一分活泼三分鲜亮。月亮，是密州所有美好事物的总称，它不是单一的，它涵盖了人们的日常生活。

密州的月，透射的是一种恬淡、敞亮、祥和的生活方式和内心信念。

那棵树，让我长久地仰视不已。清晨的山路，有风，犹如一层凉薄的水，在流。路旁的豌豆苗，走近了，它清冽的气息灵敏着我的嗅觉。那棵树，木叶尽脱，却触摸不到一丝凄凉。一大一小两个鸟巢，一上一下坐落在错综纷繁的枝桠上。同行的人都停下了脚步。有人眼窝发热：这是一棵母子树。定睛地看，繁复夸耀的枝条，有一种丰饶的热气腾腾的气息。那么多凋落的枯枝久别重聚，或者萍水相逢，业缘流转，它们显得亲密无比。大巢看上去敦实沉稳，衬托着那树格外自信豁然。我是个过于迷恋细节的人。这种迷恋往往使人细腻敏感，易于受伤，也易于获得幸福的晕眩。我迷恋着鸟巢，忽然有了新的发现，大巢有两个巢口：一个朝南，迎迓大山；一个向下，贴近土地。一棵树原来住着三家。这种格局有别于当地的建筑，很有四合院的味道。家家户户的生活，阳光一样的敞亮，东雀西鸣，青虫的气息越枝而入，一切是那么的明净自在，安稳踏实。恍恍惚惚，觉得那树在生长，在视线之外，绿色的叶子晃动着清洁的天光。这时，太阳开始上升。

像一个美好的愿望，山居在我的视野里出现。车在山路上蛇形，苍苍翠翠的山色，迅疾地起承转合，层次深深浅浅着，衔接自然妥帖。那几间小屋散落在林木山石之间，犹如几枚核桃，坚硬，内蕴着时间的馨香。盘腿，上了土炕，端上来几碟小菜：炸蚂蚱、炒香菜、清炖山药、酸辣土豆丝。新挖的苦菜，弥散着温润青涩的气息。喝的是当地自酿的"密州春"。香脆的蚂蚱，在咀嚼声中变成音乐，抿一口白酒，整个人就处于一种沉醉燃烧的状态，似乎乘风归去，惝恍迷离，今夕何年？何似在人间，这的确是我眼里想象和渴望的生活模样。像酒，有水一样的清亮，又有自己多彩多姿的生存状态。

长城在视野里延伸。一群鸟向西飞去。沿着鸟翅的弧线，那些远去的历史又被连接起来。长城，它是历史和现实的线索。那些沉入历史的人物，像一块块砖石，隔膜而温和地注视着我们。

城门洞东侧的偏房里住着一位老人。他黝黑的脸闪出，就像来自深深的历史，眼睛里充盈着漆黑的光亮。他给车辆登记，只是登记，分文不取，只要我们安全离开，他就完成了任务。我决意要进入他的小屋。在门外，掀开盖帘，我看到了一盆熟地瓜，可能是昨夜煮的，历经火热沸腾的地瓜，已是质朴安详的表情。老人的屋里，碗筷旁边，竖立着半瓶白酒，一种醇厚绵长的香气，仿佛从时间的深处飘来。我觉得我看见了老人的一生。他是一块砖石，深深地楔进两千多年的历史，坚定而又牢固，他的生命就和长城一样绵延千里。

这座长城，它有一个深远的名字：齐长城。是春秋时期齐灵公所建，后经威王、庄王、景公、平公、宣王几代国君增建。今人重修。狼烟熄，炊烟起。长城以南是一片青青麦苗，长城以北是一片麦苗青青，青青亮亮的，它们全都在密州的这片土地上生长，城南城北共婵娟。当年齐楚对峙的长城，不过是一条宽宽又长长的田埂，从春耕延伸到冬藏，从容不迫地展开绵长而殷实的生活。

面积不大的郑公祠（今属潍坊市峡山区）是个植物园，为纪念东汉经学家郑玄而建。院内的小径像是植物们柔韧的根须，生长着芦苇、绿竹、松树、槐树、桃树、杏树等，还有一种叫书带草的植物。

书带草是一种常见的乡间野草，叶浓绿似墨，狭长如韭，凌冬不萎，我们叫它野韭菜、长生草。书带这名字素雅疏朗，有画面感，不禁想起郑板桥笔下的好句子："写取一枝清瘦竹，秋风江上作渔竿。"

芦苇长叶如带，青竹长叶如带，书带长叶如带。"带"这个字真是精妙深切，有时间上的延伸，也有空间的缠绕。植物们伸出温情的叶轻轻一揽，就把人类带入大自然的幽深之处。

植物与人相悦的场景，犹如李渔在一首词里的描述："满庭书带一庭蛙，棚上新开枸杞花。"书带草坚定不移地活在低处，蛙鸣茂盛如书带，而淡紫色的枸杞花宛若地球的新居民一样，容貌纯净，表情天真。

院子西南有亭翼然，名"问经亭"。红柱飞檐，似盛开的菊花，一瓣挨着一瓣。从问经亭去看郑祠老柏，必然经过长叶纷披的书带草。挺拔的问经亭，墨绿的书带草，虬枝苍劲的老柏，这么一看，有些时光倒流的味道，就像从一朵花回到植物的根部，回到草木茂盛的诗经时代。

郑祠老柏果然高大挺立，如一个苍劲的手势。老柏不知枯死何年，但不腐不倒。老柏是郑公祠的地标性植物，相传为东汉郑玄手植。在青松绿竹的背景下看苍黑的老柏，它疏朗而又奇崛，它又是孤傲的。凝视久了，就看见"枝劲涛声远，龙蟠黛色苍"的旧时风景。

书带草，又名康成书带。又是郑玄（字康成）。没有皓首穷经的郑玄，就没有书带草这个名字，也不会有诸多诗人诉说着书带草对我们的温情缠绕。

遥望千年以前某个春日迟迟的上午，或者秋风飒飒的黄昏，郑公从纷繁的书卷中抬起头来，随一朵闲云在天上转悠，当目光转向地面时，一丛翠绿的长叶草让他惊喜不已。似乎纷乱的思路被那些长叶细细梳理了。顺着长叶到经文，每一粒汉字都有植物干净的气息和蓬勃的长势。

在书带草丛前读苏轼《书轩》，是人生乐事。从书带草的生长情状来看，它的茎叶花果均在这个时光段落里。

匍匐茎宛若时隐时现的曲径含蓄地打开几片叶的天空。花淡紫色，细细碎碎的，犹如微风吹在草叶上的声响。果实也不打眼，色彩是安静沉稳的蓝，样子像极了美丽的水晶球，看久了，就觉得那些小球散发着七彩的光。

长叶清新温柔。当年，经学大师郑玄正是用书带草的长叶捆扎书简的。长叶捆了，清净的味道渗入纸页，就像芦苇的倒影捆着一条闪闪发光的长河。那种情状，看一眼，让人内心清澈。

如同"郑玄注"闪亮在浩繁卷帙中，书带草已是勤勉读书的一个鲜活而生动的注脚。"庭下已生书带草，使君疑是郑康成。"使君在何处？他在书带葳蕤之地。

庭院已生一种叫作"书带草"的植物，犹如干涸的河床涌进一声声清亮的蛙鸣，又如寂寞的天空出现一抹翅影。这植物把大地染绿，也在我们的心灵上生出清新的长叶。苏轼的《书轩》是有期待的。它把古人的读书生活拉到当下。期待在场者在书带的清爽味儿和书卷的墨香味儿中读书，思考，唤醒内心的力量。

对于郑公祠，我们都是后来者。对于四季常绿的书带草，我们的每一次造访都恰逢其时。

温情注视着大片的书带草，我们感受着那束千年以前从这里投向后世的目光。那束目光越过一片葱绿的书带草，越过纷乱的战火，在今文经学和古文经学的纷纷扰扰中，寻找先秦儒学抵达人心的通道，让后生避过误读的暗礁和困惑的陷阱。

在他的眼里，纷繁杂乱的书简被叶脉清晰的书带草串联起来，而行行文字也如书带草从容地延伸着，传递着儒学的永恒魅力。

郑玄所做的种种努力，如同书带草的生长趋向。草叶窄窄长长，小花细细碎碎，但求把蓝水晶一般圆圆的果实举在高处，举在鸡鸣犬吠、耕读渔樵的缓慢时光里。

泉城三日

遇见

正午12点，我像一粒种子落进济南的湿热里，浑身有一种鼓胀的感觉。这一天是6月28日。走出空调大巴，与从西北方向赶来的暖气团，撞个满怀，我甚至听见骨头碎裂的声音。

济南又名泉城，似乎所有的水汽都变成了滚滚热浪，让人每到一处，都处于酷热的核心。夏天浩大无边。无处可逃。时当正午，又热又潮的空气，让人的呼吸一阵阵发闷。济南，这座深陷在暖温带气候区的北方城市，似乎与阳光有着属性的对接。阳光在楼群的琉璃瓦上燃烧着，在漫长的马路上泼洒着，在缓缓的行人里凝固着。马路、树木、楼群都是阳光的颜色，明晃晃的。

孙树贵接了我，我们满大街寻找快餐店，看到"舜耕路"的时候，眼前竟掠过一丝微风。舜耕，一条路延长着一段古代的历史，十字路口红绿灯的提醒，让我想起舜的少年，他始终用木棍敲打着一个簸箕，以此来驱牛耕地。舜的德行搭建起清凉的树阴，四面八方的人们，百鸟朝凤一般聚拢而来，使得荒凉的历山迅速拔节为一个繁华的都市。这一次跨越式发展，来自民心所向的善的力量。千佛山就在眼前了，周代以前的历山，一个古代帝王的大德已经被具象成卧着、坐着、站着的大佛，绵延不绝的香火，模仿着舜时的炊烟。

南郊宾馆也是一处清凉的所在。去夏的时候，在山东大厦参加省第六次作家代表大会，早上和孙贵颂散步，曾路过这个牡丹银杏们的家，玉带河醒了，一河的垂柳黑松还在做梦。再来，像鸟雀一样栖息，我还是产生了错觉，我以为我回到了许多年以前的历山，宾馆的窗帘就像阔大的玉米叶片，它的荫凉让我的籽粒做着饱满瓷实的梦。这座素有"山东钓鱼台"之称的宾馆，许多国家的领导人在此下榻，也成了宾馆历史的一部分。宾馆只有四层，和一些树那么高，主体接待大楼呈"工"字型，"工"字的笔画之间是淡雅的花木和自在的风声，有着一种晴朗的安好。这里的许多建筑结构都是开放式的，保持和自然的密切联系，譬如四围没有院墙，从泉城公园跨过马路，直觉上就是从一块耕田进入了另一块耕田，或者泉城公园就是宾馆的一部分，出门北望，一片葱郁。

舜的故事远远没有结束。安静的玉带河，用它的反光把鸟声翅影亭台假山温柔地揽入怀里，人们在它的清澈里，看到自己的倒影，也确证着自我的苏醒。在这样的河边生活，越是高大的树木，越能抵达河流的深处。我们这些全省青年作家的代表，从四面八方向南郊汇聚，是渴望盛夏的南风抚平内心的褶皱，还是在河边寻找中国文学的童年？我和诗人高文边走边谈，山重水复，柳暗花明，一路引领我们的是云朵、绿树、流水，还有文学。文学是什么？文学是人类经验的奇观。话题从一个从唐朝走来的女子开始，她写小说，写重返的爱情，我们也忽然拥有了天空、大地、流水的叙述资源。

在宾馆的走廊里，遇见了张炜，他捧着一摞书（是《你在高原》？），停下，他的话语因此获得重力。他平和的语气，让我想起厚实的大地，他的《你在高原》是一部足踏大地之书，有着强大的思想冲力和道德激情。讲道德，大舜用耕田这一实实在在的劳动，孔子用面对面的对话，张炜则用鲜活的艺术形象。古往今来，不外乎这三种形式吧。这三个山东人真是出彩。《你在高原》，39卷450万字，这样的一部中外文学史上罕见的鸿篇巨制，矗立成经验的奇观、精神的高原。在很长一段时间里，我觉得走廊就是一条窄窄的田埂，不经意间，你就会遇见一些勤劳的耕者，在这历山的山脚。

30日傍晚，去房间给滨州作家李登建取书，奇迹一般，我在走廊里遇见了王蒙。我停下，侧身，等他和记者们走过，我深深地鞠了一躬，向这位文学老人。

常识

早晨，也许是一个最有生机和新鲜感的语词。它打开混沌的天地，让人的视界豁然开朗。许多个早晨其实是一个早晨：一声鸡鸣洗白了所有的玻璃窗，或者广场的雕塑高高举起手臂，两轮车三轮车四轮车都深受鼓舞，蜂拥着，烟尘在后阳光在前，一路黄河水滔滔。

我经历的早晨不是这样的。29日早晨，一推开宾馆大门，我就感觉被抛进一个熔炉里，昨日的暑气就像发酵了，长出很长的绒毛，直塞你的耳朵，你的眼睛，你的鼻孔。太阳升起来，它和它照耀着的物体支起了一个个烧烤摊。这个早晨，流行暴力语言。但是，炎热也激活着我们的感官。

昨晚看电视，说是高温预警信号下午升级，全省今年首发高温橙色预警。看到女主播性感的手指好像落在了我所在的城市，我不自觉地擦拭着额头的冷汗。传说中舜拓荒耕田的历山，在晨光里显得格外挺秀。历山已是历史，它如今的名字千佛山通俗易懂，香火也异常茂盛。其实，千佛山是什么，就是万物皆佛，佛是万物，你看见一棵大树，说不定就是一个转世的活佛，佛无处不在。从形而下抵达形而上的高度，或者从形而上返回形而下的原点上去重新思考，千佛山会告诉我们许多常识。

　　下午，《人民文学》主编李敬泽的学术报告从一次聊天谈起，说他的一位朋友得了柱状视力，眼角不能看180°，很是影响了他看世界的宽度。话锋一转，他冷静地提醒中国当代的小说作家，这个不写，那个不写，只写眼前，看不到生活的宽阔性，小说家成了"禁欲主义者"。他一袭的白衣，字字珠玑，疑似一部打开的经典，我想，我是穿行在阅读的经验里了。他是从鲁迅的路上走来的文学批评家，他有着强大的内力，却以轻缓的语调节制着。这种节制，和早晨的沸腾、香火的热闹是相悖的。他不忍看到，一些小说家沦为老实的推土机一样的农夫，告诫他们：小说是大园子，不是一条路，不要一上来就直奔主题。他的批评没有火药味，有静气，有着真诚的气质和宽阔的视野。我喜欢这样的言说，它不是居高临下的当头棒喝，而是平心静气的自我沉迷。

　　远望千佛山的时候，想起的居然是民国时期山东主席韩复蕖的一首诗："远看青山黑乎乎，上头细来下头粗。有朝一日倒过来，下头细来上头粗。"究竟是韩复蕖写的，还是民间的假托之作，暂且不论。单从这首诗本身来看，通篇大实话，缺乏文学化的思想穿透力。若论影响，这首诗该是在民间传播最巨的吧。当风吹树响一般，这样的一首诗在山上飘着，落在一些清洁的青鞋布袜前面，千佛们又会流露出怎样的表情？

30日上午，青年作家们分组讨论。中央空调，混淆了季节的边界，使得夏天的概念被淡化，室温不高，高的是嗓门。作家们围绕作品为谁而写争论不休，正方、反方，就像亚洲华语大专辩论会。有网络作家侃侃而谈，图书的市场运作，作品的点击率，貌似很有成就。有人站起来批驳，写作是说出我看到的这个世界的深与宽，是支撑内心的一种方式。这场争论，涉及的仅仅是文学的表象，是常识与非常识之间的交锋。但是，总比讨论会议如何成功要好，因为我找到了文学的同伴，一些卡夫卡一样的同伴："我内心有个庞大的世界，不通过文学途径把它引发出来，我就要撕裂了！"

持续高温，30日高达38℃。泉城拉响高温橙色预警信号，有建筑工人高处不胜热，搬动着自己的身体和生计。

晚上，看凌晨两点的南非世界杯回放，第8场1/8决赛，西班牙VS葡萄牙，比利亚攻入全场唯一进球，摘了葡萄又拔牙，终结了葡萄牙19场不败纪录。慢镜头回放，比利亚这个令斗牛士们沸腾的进球，是个越位球。

散文

我们是在一个封闭的会议室里研讨文学的。

大片大片的阳光在窗外肆虐着。38℃的高温，把阳光都煮沸了，热浪喧嚣着，翻滚着。很规矩的玻璃窗，就像固定的银幕，窗外的世界只是电影里的场景，花开花谢，百回千折，而我们不在它的剧情之内。空调呼呼吹着。它有着怎样的科技手段，使得强大的现实看起来更像是一种虚无的幻境？

主办方邀请的知名文学批评家，对当下的文学现实进行总结和反思。小说。儿童文学。影视文学。网络文学。报告文学。诗歌。散文。散文，作为最后一种文体被提及："看来，散文从创作到编辑都需要得到加强，各个门类之间加以比较，散文创作也许是最弱的一项。"

深夜11点了，简默从他的房间打电话来，问我睡了没有。简默是我高研班的同学，他的散文集《活在时光中的灯》入选"21世纪文学之星"丛书2009年卷。在作家班的时候，交往不多，后来邮件来往，短信互动。我很是认同他的言说：散文要站在自身的伤痛上，跪拜自己的喷血口。我把电视的音量调节到最低，一个滚动着的足球成了这个夜晚的发光体。在这个一地鸡毛的散文时代，两个人的对话，就像闭上眼睛看到的光亮，自有一种黑暗深处的色泽。

我们当下的散文离生活近了，还是远了？五四散文张扬的担当意识在铺天盖地的散文文本里是否被遮蔽？生活的物化、精神的异化，使得散文表面繁华而内蕴匮乏。

简默回了他的房间。电视画面里，日本、巴拉圭两队激战120分钟，仍是0：0。令人窒息的点球决战，反而让人清醒。枕边是张锐锋的散文集《在地上铭刻》。这一本好书像是特意为此次泉城出行准备的。它的开篇《南风》讲述的就是远古时期作为道德中心的历山的奇迹，以及娃娃鱼当下经受着的屈辱和灾难。行囊里带了这样一本书，我希望，我的内心与现实有一个强大的对应。当我一个人守着夜的黑，却仿佛置身于一个旷古的大野，满眼都是历山的碎片：播种的百鸟、耕田的大象、向舜靠拢的脚步，以及偷猎者的鱼钩、娃娃鱼模糊的视线。如果说前者是生活的理想图景，那么，后者就是现实的艰难困顿。中国散文走的就是这样的一条路：以对生活真相的探求，完成对合理生活的呼唤。

中国散文成就最高的作品是《史记》。美的语言、真的情感、深的思想，该有的，它都有了。司马迁并没有接受什么先锋的、后现代的艺术理念，他无时无刻不被历史的真相所影响着。他秉笔直书、不虚美不隐恶的写作立场，始终是构建散文精神的基本。他用一家之言实现了"究天人之际，通古今之变"的写作的终极目的。

我喜欢的散文作品还有王勃的《滕王阁序》和归有光的《项脊轩志》等。前者是抒情的，向外喷发的，好句子浩浩荡荡，一路下去，无处不惊艳，尽是华词丽句却没有误入粗鄙浮华一途，"落霞与孤鹜齐飞，秋水共长天一色"，这是一种关于自然的崇高美学。后者是写实的，内敛的。"东犬西吠，客逾庖而宴，鸡栖于厅"，日常的琐屑的生活细节，因为作者心灵的在场而显得朴素动人。现实由各种细节组成。散文写作就是对细节的坚持。前者"兴尽悲来，识盈虚之有数"，转入了对现实和人生价值的怀疑；后者"庭中始为篱，已为墙，凡再变矣"，现实的无奈和内心的感伤，使它远离了平铺直叙的流水账。

这两种成熟迷人的散文文本，在五四时期有接续，譬如朱自清的《荷塘月色》和《背影》。后来呢？一首诗、一则小说，孤篇横绝文坛的现象古来多，一篇散文走红文学界的有几何？也许，散文就是匍匐在大地上的事物，它缓慢而又坚定地爬行着。

日本队惨遭淘汰，球迷们痛不欲生，泪流满面。巴拉圭队涉险晋级，所有的球员疯了一般，奔跑，狂欢。

　　故乡的河流有一种生物叫做"马口鱼"，也可以叫"马口浮梢鱼"，银灰色的，体长腹小，嘴巴如马口一样翕张着，那是一种忙着从水里沙里寻吃觅食的表情。"皆若空游无所依"，我疑心柳宗元写的就是马口鱼。就像跑道上晨练的运动员，它们迅疾地来回浮游着，清澈的溪流被它们游成了辽阔的水域。对清澈的水流，它们有着近乎痴狂的虔诚，一如誓死效忠朝廷的臣民，一旦山河破碎清澈不存，它们就减缓速度，终至于停顿。

　　"在我们五龙山一带的许多河流里，这种马口鱼比比皆是。"加利依然保持着当年的叙事能力。我和他在校园里写诗，故乡之于我们，是取之不尽用之不竭的抒情资源。我们把故乡等同于傍晚村头手搭凉棚的老槐树，被清晨的露珠润泽着的鸡鸣，甚至夏天的正午穿过梦境的通透的风。离开故乡，就拥有了故乡。那时候，我们多么天真，相信"看天天蓝看花花艳"，以为少年会老，而故乡永恒。当我们指着裸露的石头言说从前的河流时，从前的场景因为缺乏足够的证据支持而沦为一个虚假的传说：这是一个丧失故乡的征象。

　　加利在言说五龙山。他的言说使我的眼前呈现着双重的时空，仿佛前行的车窗，把远处的青山绿水拉近成布景，把一张张熟悉的面孔像古老的皮影戏一样呈现出来，复活了我关于故乡的记忆。这种双重的时空，就这样贯穿着我此次的出游。在五龙山迎面的壁墙上，五条巨龙携着金色的光线，飞翔着，它们试图使麒麟峰、鹰嘴峰、兵营峰、南天门、唐王峰这五座山峰永远停留在原始的图腾上，任凭山外的世界乱云飞渡。在郚山镇驻地的文化广场，刻了齐长城的说明文字，密密麻麻的字迹修复着我们关于"长城之父"的认知。我绕过文字的篱笆，仿佛看到了春秋的天空下骤燃的烽火，急促的马蹄，飞奔的箭镞，看到了五龙山的齐长城遗址上保存着一些残破的石头。我和这些遗址的相遇——今天和昨日的相遇——又会碰撞出怎样的火光？

　　想起在别处看见的后人仿制的齐长城。那是水泥狼群和身份可疑的砖石在蜿蜒盘旋着，摧毁了过往的真实，并伪造着所谓的春秋风采。在五龙山麒麟峰南侧，30多堆擂石，是我希望看到的历史全部真实。这些大如枕头小如鹅卵的擂石，这些冷兵器年代的擂石，它们不是僵化的兵马俑，它们依然存活着，吐纳着时间深处的呼吸。流逝的千年岁月以石头的姿态出现，让我们可以接续上过去的时空，这些石头与我们交流着，在温热目光的抚摸下，它们已经脱离了防御兵器的森严，还原为安静质朴的石头，使得古代的时间延续到了今天。面对这些石头，我觉得，我们并没有被过去的日子抛弃，我们周边是熟悉的事物和厚重的历史。由此，想到一个问题：故乡是什么，让我们一再地歌颂和思恋？被过度美化了的天堂，被华词丽句遮蔽着的家园，这就是我们的故乡？故乡是我们能顺着原路返回的地方，是我们最后的教堂，它的伟大在于始终保持着风的纯度和露珠的亮度。　　·

　　上山的道路，不是故作楼梯状的石阶，而是真正的山路。真正的山路是没有道路，脚步的方向就是道路的方向，就是你想去哪里，脚下就诞生一条道路。我们走的山路，就是无数脚掌抚摸着的路线，这是一条生长着的道路，它被无数的脚印解救又解救着无数的脚印，把它们运送到它们想去的地方。一条自然的道路，它是有生命的，即使你懵懂无知，它也经由摩擦你的脚掌与你发生隐秘的交流，打通你的经脉，让你接收着眼前的一切。几条上山的旅游的路线，因为通向一些奇特的景观而在大山的褶皱里若隐若现着，就像回乡的路，云遮雾罩着，它也只有一个固定的指向——家，就是摸黑，也能摸到老家的门环，叩响久远的熟稔的亲切的回应。

在异乡的夜晚，平躺，侧卧，蜷缩，我时常找不到梦乡的入口；恍惚间置身故乡的土炕，扭亮床头橙黄的光芒，发觉自己的身体被抛在陌生的世界。五龙山给人的感觉是安静而又踏实的，视线可以在这里自由自在地伸展，远眺，俯视，近观，都在抵达着原始形态的山与水、花与树。坐在鹰嘴峰的一块石头上，我长久地沉默着，石头奇异诡秘的纹路像是一个通道，暗示着祖先的遗传密码，凝视这些纹路，想象着祖先走过的曲折，自己也找到了情感的起点和归宿。不经意间，就望见那一片松林，山风吹送的阵阵松涛，像石头的纹路一样清晰，深秋的松树自有安静的恒久的绿意，它们似乎减缓了时间的节奏，使得山中的岁月缓慢而悠长。这样的氛围，让我们的整个身心都安静下来，觉得这树这花就是我们身体的一部分，或者我们本来就是这山上的一棵树一朵花。所以，五龙山不是我们出游中的一个景点，而是与我们的生命密切相连的一个自然世界和故乡世界。

这些年以来，我不知疲倦自不量力地叠床架屋，企图在词语里安置故乡这个空中楼阁。而纸上的故乡是否比安静的石头和恒久的绿意更有硬度和光泽，更能给人以宽厚悠长的抚慰呢？岩石无言，绿树安静，它们就像幽洞一样古老漫长，又如醴泉那般平和，可以亲近，我确信这是故乡的品质。我的文字，就是穿过松林的一阵风，然后隐匿于岩石之中。

风的拼图

　　离开鄢山镇驻地，东南而行，一路都是果树、村庄和青青的麦苗，视野变得少有的干净和清爽。秋风吹过，万枝柿树摇空，深褐色的枝条像是飞翔的鸟群，它们的翅膀烘托出一座座山峰。

　　风在天地之间行走着。它是山区的老向导，走村串户，穿山越岭，风声越来越细，山脚越来越近。眼前的五龙山，是风突然打开的一幅画卷。连绵的山峰和苍翠的松林，自在坦然地呈现着近实远虚的画意。鹰嘴石、燕子石、罗汉石、恐龙石、大象石、南海一柱以及神龟望月，这些怪石笔法粗犷放荡，全然不像城市里外表堂皇、貌似建设者改革者思想者的雕塑。怪石们不一而足，各臻其境，或如海龟，在潮汐的暗示下，把月亮作为大海的不被风浪所惊扰的光源来仰望，探求着宇宙精美的秩序；或如山鹰，敛起翅膀和风声，丢掉利爪和力量，只是简单地用一张嘴表述着大山的丰盛和富足。我觉得，这些奇异放诞的作品，远离着话语霸权的作品，是自然的杰作，是民间的大美，在很大程度上获益于风的不舍昼夜的润笔。那是一场缓慢而又坚韧的雕刻，是很长一些时间几乎不见痕迹的劳作，就像一种美好思想对坚硬事物的缓慢渗透，就像一个人的写作，有着对自我的坚定认同，从一笔一划开始，搭建着自己的海市蜃楼。

在山中，风顺从着上天的旨意，成为异花授粉的蜜蜂，它在岩石、树木和泉水之间奔波，使得众多不同的事物之间产生了血脉上的联系和呼应，大山因之成为一个物物相谐相融的整体。一棵长在岩石之间的树，它弯曲而又像钢筋一样坚挺的树干，勾勒着风的遒劲和生的意志。在这遍地绿意的山岭，想象许多年以前，被山风吹送的一粒种子，落在松针的温润里，做着大树的梦。不曾想，一觉醒来，眼前一片漆黑死寂，硕大的岩石覆盖了它关于光明的一切记忆。它只能在岩石下慢慢地发芽，艰难地抽枝。这是一个无声的悲剧，也是一个有形的奇迹，它以超人的毅力对抗着漫长的黑夜，于是，在我们视觉的终点上，形成了一棵树清瘦的躯体撑开坚硬岩石的动人场景。岩石比较匀称地一分为二，很像拥挤着的人群突然闪开，夹道欢迎这位创造神话的英雄。而这棵树，伸出枝条的手臂，将象征荣耀的桂冠戴在了岩石的头颅上。

不止五龙山，在整个山区，风为一切事物润色细节，它无限可能地深入幽洞、深井、庭院，甚至人们的身体，仿佛洁净的鸟群，善飞的翅膀驮来了新泥和细枝。到了小镇的文化广场，一路相随的风，魔法般变换了它的装束，披一袭轻纱，像猫一样奔走着，迅疾而又悄无声息。有两三孩童在嬉戏，他们的影子歪歪斜斜地滑过，小鱼一般四处游动。天是纯粹的蓝。这种蓝，是从满山的绿色里提炼出来，又被风过滤了，然后飘上天空的。有一个短语，"蓝格莹莹的天"——是我的阅读视野里遇见的最蓝的天空。郭兰英演唱的《清粼粼的水来蓝格莹莹的天》，歌词本身就带着一种温润清爽的气息。这是山区的真实的蓝天，却又像是由记忆的歌声和少年的梦想搭建而成的一个童话世界。手机响了，是外地芳香纯正的女声，我说我进山了，忽然就变得喋喋不休。我发觉，我其实是一个很活泼的人，内心深处的活水奔涌着，在嘴边流成潺潺的小溪，不时激溅出顽皮的浪花。一场风，改变着山区的许多事物，包括一个我。

风，真的是一个魔法师。它把阳光置换为花香，把绿色整合成波浪，它偷走人们咸涩的汗珠，又神奇地捧出一山的果实，圆润的果实。我意识到风之于大地的伟大意义，感受着天地之间这永恒的呼吸。我的灵魂深处也刮着一场大风——风是什么？它如影随形，深入一切事物的内部，频频创造奇迹，却始终隐身着。它是武侠小说里任意东西来去自如的蒙面英雄，我们只能从它的一些壮举中猜测它的庐山真面目，在现实的真相上累加着我们每个人内心的真相？它还是我们传言里的神明，它涤荡着人心，催生着万物蓬蓬勃勃的力量？由此，想到五龙山上孝子泉的传说，孟姜女哭倒长城的传说，那又是一种怎样的大风，在人们的内心里吹拂了几千年？这样的一场大风，吹荡着山峦，村落，田野，人群，从远古到如今。它带走一些轻飘飘的塑料袋，梦的残片，还有时间，它归还山区更多的东西，比如大地的丰裕，民风的淳朴。

请原谅我这个常年生活在竖满钢筋的水泥牢房里的人写下这么多关于山风的浅薄的文字，说到底，这只是我的一个内心事件，是我对风的一次个人的命名。麦家在他的长篇小说《暗算》里，以"风"命名着那些在特殊领域里利用超人的智慧和勇气来完成常人不可能完成的艰巨任务的英雄："听风者"、"看风者"和"捕风者"。我相信，每一个在山区生活的人都能听见一场风深入身体和内心的声响，都有一幅关于风的拼图。作为国家最基层的公务员，加利来山区工作几年了，他并没有赋予山区领先潮流的思想意识，却无时无刻不被山区的风影响着，塑造着。或许，他对风的认知比我深刻得多，他没有言说，只是把我的视线领到了太平山的山巅。

车子像甲虫一样，在山顶上缓慢地爬行着。山路并不曲折坎坷，是一场更大的风包围了我们。车外沙尘四起，既挡住了去路，也阻断了归途，就像世界推倒了它的多米诺骨牌，重新规范它的秩序，又如闯进了远古洪荒的年代。车门紧锁，车内的我，呆呆地张望着，像一件途中丢弃的物品。失去了方向，带路的车辆被风卷走了一般，不见踪影。我不由地恐惧起来，脊背发冷，眼神一片空洞。这恐惧，不是游鱼对污染物的恐惧，也不是种子对岩石的恐惧，而是一个生命个体对大自然神秘力量的恐惧，是一种深感个体的单薄和渺小的恐惧。我固执地下车，用身体放大着我的恐惧。头发、袖口、鞋子，甚至耳朵，旋即被沙尘占领，我变成一个不会说话的人。一个人行走着，却又像紧随着千军万马，眼前渲染着电影《英雄》里的场景：穿着铁灰色甲胄的将士们，行军押着呐喊的险韵："风！风！风！""大风！大风！大风！"万箭齐发，遮天蔽日。这是大风的伟力。风声山色，叠合着电影里的光色，我已经深深地陷溺于这种新奇的体验。

风，稍微平静了一些，山顶上的物事越发清晰起来。横卧的铁塔有五六十米长，底端比故乡的老槐树还要粗壮，左近守着两三风车叶片。

站起来的铁塔，是山顶最高的大树，风叶也从树根爬上了树梢。它们挺立着，在海拔523米的太平山之上，那是和大风的一次真正的对视和对话。它们伸出遒劲的臂膀，对大风进行着一次次深情的挽留。加利告诉我，这是当地政府招商引资的一个动作，也是山东第一个山区风力发电项目。

我和加利在文化广场停下，告别，他在风中挥着手，我带走了山区的一些风声。在此后的漫长日子里，我能做的所有努力，就是侦破片里时常上演的那一幕：我拿起笔，蘸着内心的溶液，在一张揉皱的毛边纸上涂抹，端详，涂抹，将山区的那一片风声慢慢地显影出来，成为一张风的拼图。

第三辑

明月来相照

　　我在菜园边读《工作与时日》。作者古希腊赫西俄德，农耕时代的诗人，天堂世界的记录者，黎明时期的歌手，人类文明的传递人，用劳动和大地发生关系的实践者。

　　天空何其敞亮，蔬菜何其鲜亮。赫西俄德的好句子一行行地铺展，如同蔬菜，铺展着它们的茎叶花果。记不清读过多少遍了。每一次读，都像一场告解，带着我的疲惫和烦忧，把赫西俄德读给蔬菜听，读给昆虫听，读给从体内的黑暗中奔突而出的另一个我听。

　　有些人说我太执拗，不入群，他们的嘲笑有胳膊，有腿脚，也有翅膀。我依旧要矫正我的姿势，完成一种简单、质朴、缓慢的生活。我想，如果他们能够细心地读《工作与时日》，这些文字就会开口说话，响亮如清晨的鸡鸣，深沉如黄昏的炊烟，把他们从红灯停绿灯行的时间或地铁报站的时间牵引到《工作与时日》的时间。

　　《工作与时日》的时间不是单调的罗马数字，它有气息，有色彩，有声音，有味道，时间感与宇宙感相交融。譬如，第一次鸣叫于橡树间的布谷鸟是一种时间（阳历二月），从地下爬到植物上的蜗牛是一种时间（五月中旬），天空中出现的猎户座是一种时间（七月）。与这些时间相呼应的是，人们要进行从容不迫、细心缜密的应对，达成人类生活和自然节律的同步：二月，地上水深刚好齐牛蹄，晚耕；五月中旬，磨砺镰刀，开始收获；七月，贮藏谷物，为牛骡备足饲料和褥草，卸下耕牛的轭头让牛们休息。

《工作与时日》的发生地波俄提亚，那儿有一座海利肯山。赫西俄德在山上放羊，也写写诗。海利肯山是传说中诗神缪斯的住地，居住着蜜蜂、葡萄藤的梦和许多的神灵。赫西俄德参加诗歌比赛，得过大奖，奖品是一只三脚青铜鼎。长诗《工作与时日》是一首训谕诗，是赫西俄德对懒弟弟佩耳赛斯的一次精准扶贫。扶贫的重心是指导生产技术和训诫伦理道德，《工作与时日》，文学具有救赎力量的一个可靠的见证。

我想说的是，赫西俄德训诫的还有一个我。我与赫西俄德的遇见，是我生命中的一次立春，犹如经受严寒的树木，竭力让繁枝茂叶从一些米粒大的嫩芽上起身。那些年，就像一只在城市的霓虹灯下上蹦下跳的灰蚂蚱，我神情张皇，手脚忙乱。在清晨的微光中，追赶着急促的上班铃声。捧着母亲的病例，在街角诊所和专科医院里满脸堆笑，人也矮了半截。寒冷的冬夜，去超市购物，看见光鲜的草莓、葡萄，身体突然僵在了中央空调的暖风里。赫西俄德的声音响起了："他们快乐地做自己想干的活计，土地为他们出产丰足的食物。山上橡树的枝头长出橡实，蜜蜂盘旋采蜜于橡树之中；绵羊身上长出厚厚的绒毛；妇女生养很多外貌酷似父母的婴儿。"

改变竟然来得如此突然。我想放慢生活节奏、向后撤退的时候，读到了《工作与时日》。这个"后"，不是落后，是后面，是根部的所在。譬如，故乡是我们的后面，土地是植物的后面。有了这个"后"，我们才能自在自足地前行。如同牧羊人赫西俄德的陈述，人们过着体面的幸福生活，这体面来自与土地的交往。土地是人性的主要贮存器，劳动培育勤劳、公正的美德。《工作与时日》用六音步诗行写成，共828行，读一遍无须很多时间，即使读二三十行，我收获的亦是无法言说的安宁和幸福。我是《圣经》的葡萄园里许多工人的一个，每天劳动时间有长有短，所得报酬却一样。

我的耕读生涯也源自与赫西俄德的遭逢。读书，而且劳作，是我聚拢生活碎片的一种方式，我的体面而幸福的生活也由此开始。我在城郊一个废弃多年的小工厂开垦了一块荒地，种花种菜种春风，去年的种子以青菜叶或紫色花的样子出现在暮春的阳光下。《工作与时日》反复述说的自然节律需要落地，与我的当下发生关系，开出幸福的现实之花。菜园以西是一个鸡鸣喔喔、炊烟袅袅的村庄，那里生活着很多勤劳朴实的赫西俄德。伟大的荷马以众多盲乐师的模样在无数的村庄吟唱，弹奏着月光的丝弦。两千多年以后的今天，既牧羊又写诗的赫西俄德不在别处，他以好邻居的身份站在我的菜地上，教我如何制作土肥，如何识别黄瓜的谎花儿。

我们每个人都需要一个赫西俄德式的父亲或长兄。要是没有他的劝诫，我们如何在荒芜上看见葳蕤，如何像茎叶花果那样有条不紊地展开自己的未来，还有，如何懂得敬畏，懂得节制。一株黄瓜苗，谷雨移植，小满开黄花，芒种结绿瓜，处暑叶子枯黄。我的菜在生长，赫西俄德的好句子也像蜜蜂一样嘤嘤嗡嗡的，成为青菜的画外音。

当我刨了小土坑，撒播了萝卜种，赫西俄德说："用泥土盖住种子，以免鸟儿啄食，因为管理得好是凡人的至善。"许多这样的时刻充盈着我的菜农生活。我在菜园西南挖了一口井，一个抽水泵把井水升到高处，又在菜畦里流成小溪，溪水中闪闪发光的尽是赫西俄德的好句子：

"你的眼睛看着美好的河水作过祷告，又在此清澈可爱的水中把手洗净之后，才能蹴涉这条常流不息的潺潺的流水。"

奔波半生劳碌半生之后，我用"头伏萝卜二伏芥，三伏有雨种荞麦"这样的时日来安排工作，在菜园里养育着如此众多的小生命，像赫西俄德那样活着。也写诗文，读给我的青菜们。如同赫西俄德称颂的文艺女神：正是她们在这山上首次指引我走上歌唱的道路。t

在莫言的上午

这个上午，是莫言的上午。不止摄像机，一双眼睛，许多双眼睛，都聚焦在他的略显扁平的脸上，他脸上的不易察觉的笑意。

这个上午的表面很是光鲜。迎宾员斜斜地披着红条幅，文学圈疑似惺惺相惜的客气，台风作梅花状，要从大海的风暴上探来它的三两枝，让一些彼此抚慰的人显得有些不自然，不时地拿眼瞥瞥外面。他们的心思在别的事情上，如同我，坐在别人的上午里。

喜鹊在别人的屋檐下筑巢，清风在他物的枝条上伸展。这个上午，我坐在莫言对于故乡的想象里。会议主持人介绍莫言，介绍莫言的主要作品。《蛙》《酒国》《枯河》《丰乳肥臀》《生死疲劳》《红高粱家族》《透明的红萝卜》《白狗秋千架》《天堂蒜薹之歌》，这些名字，这些大地的意象，这些强悍的生命之力的征象，在我眼前一一呈现，它们组成了莫言的故乡，一个辽阔的无边的文学故乡。

上午之外，报刊之上，世界之内，莫言写得一手好文章，说方言俚语，说普通话也打官腔，甚至胡言乱语一不小心就有一句流行全国的名言，为此，他收获了许多国内国际大奖。日本著名作家大江健三郎预言，莫言将是中国诺贝尔文学奖最有实力的候选人。这个上午，这个说话慢声细语的莫言，和那个夸父逐日一般的莫言，那个愿意扒出"被酱油腌透了的心，切碎，放在三个碗里，摆在高粱地里"的莫言，是否同一个人？回到故乡，他说，少说话，吹什么，这小子以前偷过人家的水果。他说着从前的自己：一个农村大男孩，偷了生产队的一个红萝卜，被捉，为了索回那双三十四码的大鞋，能多穿好几年的大鞋，他当着48个村数百名民工的面，向毛主席的画像请罪，那种深入骨髓的孤独感和凄凉感，以及小黑孩超常的感觉，被他写进了中篇小说《透明的胡萝卜》。

这个上午，莫言回到故乡，举办"莫言文学报告会"，在我的直觉里，莫言是回到了童年的场景，或者说，是那个又黑又饿的男孩又回到他的身体里，让他说出他的"高密东北乡"。他的话语细而舒缓，犹如柔丝一般的细雨，并非汪洋恣肆滔滔不绝，亦非暴雨倾注激烈昂扬，节制，柔韧，恰好契合着听者内心世界的凹槽。这样的言说，显示的不是修辞的力量，而是心灵的力量，思想的力量。敞开心灵的聊天，要比文字的砖石构建的文学大厦，更能深入人心，也更能耐人寻味。

这个上午，被莫言无限地放大了。他的话语是对故乡的描绘，也是对故乡的想象和重构。你坐在他的话语的中心，可你无法进入他思维空间的中心，他的小眼睛一忽闪，言语就发生了跳跃，日本北海道札幌市的广场被他施以空手道的功夫，空降到他的"高密东北乡"那里去了，并且大雪飞舞，万众欢呼。一片红高粱在这个上午，红了；一只红萝卜，正抽出它的第一丝嫩绿。

在莫言的上午，我们进入了莫言的叙事现场。这个重感觉轻故事的出了名的作家，这个重感情轻名利的尚未老的老乡，他让这个城市的上午弥散着幽淡的薄荷气息，苦涩的高粱气味，新鲜的泥土清香。这些美好的气息，敞开了我的耳朵和嗅觉，解放着我的感官世界。我在莫言的上午里找到我的现存，一如莫言，他从川端康成的《雪国》那里找到他的"高密东北乡"，自此，他有了一个用他的一生来回望、辨析和描绘的地方。

想起别人的言说，写作是独立和终极的。想起莫言的长篇小说《蛙》，生亦疲劳死亦心酸之后的《蛙》。他的第一部社会问题的长篇，一部在"人类灵魂的实验室"里"抉心自食，欲知本味"的长篇。借助于书信的形式，莫言在打开叙事主人公"蝌蚪"的内心生活时，也找到了一种挖掘表现罪感心理和忏悔意识最为自由灵活的叙事方式，他酣畅淋漓的叙事话语由此指向了作家自身的负罪感，照亮内心的黑暗，反思共和国60年的复杂历史，让他的"高密东北乡"走向更为辽阔的审美空间，而不仅仅是地理和植被意义上的简单移植。

上午渐渐老去，"蝌蚪"也老成"蛙"了，"文学故乡"依旧年轻，它在莫言的叙述里，也在我们的听觉上。上午的底色，善于铺陈渲染。红色的地毯、红色的条幅、红色的证书、红色的高粱、红色的灯光，这宽广的底色，在营造一种氛围，更是在创造一种感觉，让这个上午和我们的内心趋向于同步的丰富。睁了眼睛，竖起耳朵，我进入了莫言的文学故乡，并就"高密东北乡"这一世界文学概念和他进行了交流。就像一个故作痴呆状的娱记，我提出最后一个问题：对于"高密东北乡"，你又持有怎样的价值取向和写作期待？

莫言说，敞开故乡的概念，挪移外乡的经验，发生在中国的、世界的变化都可以在文学故乡里出现，他有野心，让"高密东北乡"成为中国乃至世界的一个缩影，用故乡的独特性创造出世界的共性，让外国读者在他的"高密东北乡"里读到他自己的情感和思想。

直车从东关大街驶入鞠家村东巷，仿佛喧哗的瀑布跌入沉静的潭水，座座平房古朴安静，一如水底的礁石。小巷中有琴声流淌，还有歌声，犹如随流飘扬的桨声渔歌，透露出古密州淳朴温和的民间韵味。

下车，驻足谛听，惊喜如好风扑面而至："南风之薰兮，可以解吾民之愠兮。南风之时兮，可以阜吾民之财兮。"在大舜的胞衣地，听农耕时代的恩泽之歌《南风歌》，我觉察到时光的接续，以及空气中南风和斯时斯地人们交织着的温润呼吸。

寻声暗问，弹唱者是一位叫李加涛的斫琴人。渐次响亮的弹唱声暴露了他的栖身地，城中村一个简朴幽静的民居。黑漆大门开着。两间南屋和三间北屋守护的小院优雅得让人内心一颤。东植荷花，西育芭蕉。南屋外墙上挂着三五竹筒，竹筒开裂处有马齿苋探出许多细嫩的茎，开出红的、黄的、粉的小花，就像在乡野上那样，坦然率真，健康茁壮。

一个清瘦的男子迎了出来。他四十出头，脸庞瘦长，看上去很像文弱的书生。这个腼腆羞涩的男子是诸城百年以来第一个斫琴人。民国初年，诸城派斫琴师北上南渡，诸城古琴之音成了人们绵长而忧伤的回忆。

李加涛缘何结谊斫琴，他的故事有无奈，有忧伤，也有咀嚼不尽的幸福。大李曾在一家大型木器厂上班，妻子是木器厂的女工，夫妻俩就像螺栓螺母一样，牢固着一个温馨的小家。后来，企业经营不善，夫妻双双下岗。妻子的满面愁容和儿子的无邪笑容犹如两张碟片反复播放，尖细的唱针划痛的是他的心。他像一截被抛弃的木头，唤醒他的是铁锯刨子。他蹬着三轮车，拖着铁锯刨子木头，以及沉重的家庭负累，穿梭于各个居民小区，给人家打家具，搞装修。他起早贪黑，午饭冷馒头蘸热水，晚上铺几块木板，睡在工地上。就在个人创业稍有起色之时，那些吃过的苦，遭过的罪，无情折磨着他的胃部。等他做完胃部切割手术，在病床上费力地用手臂撑起他瘦弱的身体时，恍惚中，他看见一块木头被分解，被剥离，被暴晒，被淫雨侵袭得处处霉斑。

凡俗日子就是一堆坚硬粗糙的木头，只有诚实生活的人才像铁锯那样投入，发现木头的纹理之美。仿佛一个溺水者，搭救大李上岸的是一块木头。

多年以后，大李依然记得那个秋日的黄昏，在暮霭洒入庭院的丝丝声里，儿子鸟雀一样蹦蹦跳跳的脚步让暮色变得温暖迷人。开学第一天，儿子报名参加了学校的古琴社团，央求爸爸给他准备一张古琴。在无力购买和无力出门打工的双重困境下，大李的目光落在庭院里那堆长长短短的木头上，那些走失的木屑如雪花飘然而至，而后，锯木声、刨木声、敲打声，以及咳嗽声宛若梦境一般出现。他要给儿子斫一张古琴，让粗糙的木头涅槃重生，长出绿叶的手指，长出鸟鸣和南风的合奏。

古琴的斫制时间漫长，斫制、灰胎、推光等每一步均须精细打磨。大李告诉我们，他专事斫琴以后，把儿子用过的那张古琴命名为"凤来仪"，那是他斫木求音的初始，寻常木头由笨拙的家具朴素转身，成为接通人间天籁与良操美德的乐器。那张耗时半年的古琴经由儿子的手进入校长的视野时，校长就像看见了传说里的大舜古琴一样，惊呆得张大了嘴巴：这是诸城人斫制的古琴！类似的情节在古都南京重演了一次。一位斫琴界的前辈抱着凤来仪，端详了许久，又看了看风尘仆仆的大李，他说出的每一个字都拨动了大李的心弦："小伙子做下去吧，斫琴可能改变你一生的轨迹。"

大李斫琴已十年。清晨的阳光、柔和的南风、庭院的花草、向晚的落霞以及内心的欢畅，尽化作古琴上的风景。一间北屋是琴房，排列着蕉叶式、落霞式、虞舜式等六张古琴。他在琴房举办"琅琊雅集"，以及各种公益班，古琴爱好者随到随学，分文不取。"古琴要常弹，不然，它会睡去的。"大李缓缓地说。古琴是有呼吸有知觉的，就像庭院里枝繁叶茂的芭蕉，南风柔和的手指、春雨细细的手指、冬阳温情的手指——深情弹过，且把手指的纹路和温度探入芭蕉的阔叶。

两间南屋为斫琴室。琴房和斫琴室就像蕉叶的两面，颜色深浅有别，纹理相同，质地一致。斫琴室内墙上悬挂的几组琴板，生动地呈现着开料刨平、手工雕刻图样、裹麻布、上中灰、涂漆糊等时间段落。斫一张琴，须一百多道工序，斫制三年。其中，髹漆最为耗时。说到漆，大李不说大漆致人过敏，而把它视为牙齿锋利的动物：大漆咬人呢，不要碰琴板。

大李所说的大漆是从漆树上割取的一种灰白色的黏稠乳状液。它始终在生长，初为纯洁的白，后褐色，干燥后漆黑一片，就像喧哗的白昼归于寂静的黑夜。髹漆是将鹿角霜灰和大漆调和，擦涂在裹了麻布的琴胚上。鹿角霜粉碎，用筛子分出粗、中、细三种，灰胎也依次分粗灰、中灰、细灰三次，每次都须用那双千锤百炼的手细细打磨，用绸布棉球进行揉粉找平，再用珍珠粉、橄榄油用手掌在古琴表面慢慢推光。干燥的大漆灰胎坚硬如铁，经常磨破手指，流出殷红的血。

回忆被大漆咬过的情形，大李依然心有余悸。初学斫琴的他，不知道看似如稀泥一样柔软的大漆，却像野兽一样桀骜不驯。他未戴手套口罩，赤手上阵。结果，手臂、脖子、腿脚都被大漆"咬"出红红的小疙瘩，越挠越痒，疙瘩越多，疼痒难耐，呼吸困难，就像喉咙里塞了一块木头，咳不出来，咽不下去，苦不堪言。斫琴，是双手在木头上的一次危险而快意的旅行，是用大漆灰胎将高山流水、清风明月永久贮存的一次精神冒险。

南风缓缓吹，古琴悠悠响。我们踏上归途时，依稀有琴声萦绕耳畔。木头是斫琴人和丝弦唤醒的，而木头和丝弦又唤醒了一个木匠。他在琴胚上精心雕刻着图案，雕刻着美好生活的模样。

一条老街的两旁，栽种着与南国的榕树或北方的白杨截然不同的葡萄，且整条街的天空被绿的叶紫的果组合着，更有秋天响亮的阳光从黝黑弯曲的葡萄老干上潺潺流泻，泻下一片斑驳迷人的光影。南北大街植葡萄，东西小巷栽柿树。偶有几枝凌霄斜在葡萄紫和柿子绿之间，宛如半空里传来的阵阵惊叹。

安丘城区城里村葡萄街已有四十年的历史，有个叫朱瑞祥的老人在这个城中村生活了八十多年了。

朱瑞祥老人的门前别有洞天。老朱栽培的是安丘当地罕见的植物。有青葙、牛膝、刺疙瘩、裂叶大戟、豆茶决明、白花鬼针草等。这一株豆茶决明移植于三十公里以外的雹泉。老朱在汶河南岸三里庄附近发现了一种开白花的丑陋杂草，有一拃那么高，瘦骨伶仃地长在毛谷英牛筋草拉拉藤汹涌着的草丛里。老朱拍照，回家上网查阅，比对，确认是少见的白花鬼针草之后，当即把它搬迁回家。第一年，小白花结了几个瘦瘦的条形的果，半寸长。第二年，老朱播种，育苗，陪伴它开花结果，用相机记录着茎叶花果的好时光。

这么一说，很有法布尔荒石园的味道。和在开封王府移种野生植

116

物写就《救荒本草》的明朝王子朱橚有着隔世的精神呼应。朱瑞祥老人也有《安丘植物图鉴》《潍坊草木》《民间技艺》《认识身边的植物动物》等著作，他观察记录了1800多种植物的时光段落，从发芽展叶到开花结果，拍摄照片21万张。当地莲花山中学、青云山小学、汶水小学等学校邀请老朱去讲植物，老朱开心得不得了，用手向孩子们比划着花的形状，用身体描述着山中一棵树的姿势，讲他与植物的相遇之喜，讲自然生态之美。

若说老朱痴迷植物的缘由，须从他的第一部自制相机说起。上世纪七十年代，经济困难，结婚生子的老朱自是把养家糊口视为男人的担当。可是，爱好就像小虫子挠得他心里发痒，手也发痒。他寻了一块铁皮制成光圈、暗盒和快门，又花六角钱买了一个放大镜作镜头，伸缩皮腔用牛皮纸叠成，牛皮纸用墨汁染了，整部相机看上去黑黑的、酷酷的，闪耀着迷人的光亮。这独创的相机须用自制三脚架固定，且只能安放一张胶片。把胶卷剪成一张张胶片，取存胶片都在黑黑的被窝里小心翼翼地完成。这部相机的横空出世，让植物的惊艳之姿和光阴之美在老朱的内心显影出来。不过，这相机拍出的植物有雾中看花的感觉，清晰度不足。2000年，他买了一部数码相机，他觉得他的寻美之旅刚刚开启。那一年，他60岁。

老朱是安丘植物分布的活地图。哪个村有一棵古树，哪座山有几种稀有野草，他如数家珍。比如，古村落小麦峪东边丘陵上有一棵梾木，老朱心怀爱慕，不辞辛苦走远路，观察拍摄梾木的枝枝叶叶，在返回的颠簸的客车上，他抱紧相机，生怕胶片从镜头里飞走，就像花朵抱紧着果实。夏天的时候，他来得晚一些，梾木等得花儿都落了，老朱与梾木相约：明年初夏再来。一个老人，穿越闹市，去偏僻山村看望一棵梾木，和它经历小满小暑小雪，领受谷雨寒露霜降，相见如老友晤面，不见之时牵肠挂肚。这是怎样的一种情分？

许多植物都是老朱的至亲。他熟悉它们叶的华服、花的笑容、果的行囊。而这熟悉得益于老朱对植物的深情瞩目与细心解读。山樱花和野樱桃就像村里的一对孪生姐妹，叶青绿，卵形，乳白的小花均五瓣，它们形貌如此相似又美丽迷人，以至于很多农民都无法区分。老朱用微距镜头拍下它们的茎叶花果，在电脑上放大照片，仔细辨析，发现二者雄蕊的数量有别。老朱像沙漠淘金者发现了宝藏一样兴奋不已，他摁下快要蹦出来的激动，寻了一支记号笔，边数边标记，不大一会儿，电脑屏幕上布满了密密麻麻的黑点，看上去像黑客入侵了电脑。山樱花雄蕊38枚，野樱桃雄蕊20到30枚不等。老朱长舒一口气，此前从未察觉他的电脑如此耐看，尽管之后他用纸巾蘸了酒精擦了又擦。

安丘河流众多，气候温和，山峦叠嶂，植被茂盛，植物种类尤多。植物们相融共生，又绝不雷同，都是大自然独具匠心的杰作，值得尊重的生命个体。老朱离开葡萄街，去草滩赴山野，完全是为了拜访他心心念念的植物，这些童年的伴侣也会给他带来许多新鲜的惊喜。境内有留山古火山国家森林公园。留山，"人道寄奴曾住"之地，相传东晋大将刘裕驻军此山，遂名刘山，遍布一种叫刘寄奴的玄参科植物。一路默念着辛弃疾的词章，老朱来留山寻找刘寄奴。谁曾想，这可治烧伤烫伤刀伤的草药或毁于众多的铁锨锄头，或悄悄敛藏行迹。老朱踏遍青山，不见刘寄奴。此后每次经过留山，老朱都会寻访许久。第五年来留山时，遇见看山老人老李，聊起此事，热心的老李说：确实很少见了，我帮你找吧。第六年春，老李打来电话，说他在西边山岭下的一条深谷里找到了刘寄奴，栽到花盆里了。因为刘寄奴，老朱和老李成了好友，老李每每发现他不认识或罕见的野生植物，先移栽再告知老朱。芫花、徐长卿、裂叶大戟等植物，都是经由老李的眼睛，然后入住了老朱的百草园。这相当于老朱在安丘西部山区安装了自己的眼睛。借助这双眼睛，老朱看见了山区植物的丰盛华美。

老朱寻访拍摄植物已有二十多年。二十多年来，陪同他的是越来越老的老伴、相机、水壶、简易食品、急救药片，以及一颗热爱自然专注植物的恒心。他就像葡萄街的一根老藤，春风吹时，展新枝，生嫩叶；谷雨既至，开细细碎碎的小花；中秋月圆，捧出一嘟噜一嘟噜又香又甜的果实。

泥土是用来造人的。土，能吐生万物，古人视为神，称为地母。女娲抟土造人，是一个古老的传说，是人类对泥土的一种原始信仰。人们在土地上种植五谷繁育儿女，唤醒了埋藏于泥土之中的万千生命。

小时候，她是一个爱玩泥巴的女孩；长大以后，她成了许多泥人的妈妈，人称泥人王。她叫王永芹，故事从她和面烙油饼开始。她从一家毛巾厂下了岗，在粮食局对面开了一家油饼店。从田野的粮食到舌尖的油饼是一段芳香四溢的路程。她用一双灵巧的手揉面成团，擀为大饼，搁到鏊子上，旋转，翻动，刷油，面饼由白转黄，开满金黄娇嫩的烙花，香味丝丝缕缕地飘到街巷上，芬芳着行人的呼吸。烙油饼最后一道工序是磕。喜欢磕这个词，它充分表达着生活的轻松和愉悦。把油饼竖起来，在案板上磕几下，就磕出一些酥脆和松软。

在毛巾厂，她用纯棉纱线呈现花鸟虫鱼的千姿百态。企业破产，她已拥有绘画技艺这一无形资产。这种个人的历史使她渴望在面团之外找到一种尤能表述生命自由的方式。她从油饼的香气中嗅到了泥土的味道，她似乎置身于故乡的茫茫大野，她看见，有一个扎马尾辫的小女孩，蹦蹦跳跳地向她跑来。她抓起一团泥巴，想捏制出一个小小的她，一个大大的乡村。

　　她捏的泥人摆在店铺的窗台上。店铺不大，临街的一间平房，前面是柜台，再往里，面板鏊子分列左右，最后边是面粉和花生油，小店的格局一目了然，再无其他。不，在面粉上面的窗台，站了一群小泥人，后窗是封闭的，不仔细看，是看不见的。晌午黄昏是油饼店最忙碌的两个时间段，刚出锅的油饼热气蒸腾，香味十分的撩人。在柜台外面波浪一般摆动的队伍里，有一个文化干部看见了那些可爱的小泥人，他买了她的油饼，然后用很文化的声音对她说，专心捏泥人吧。那是一个美好的瞬间，油饼的热气让她的脸有些发烫，她的手抓着面团，眼睛却努力地接近那些小泥人的目光。

　　她接的第一件活计是为景芝酒厂捏制一组泥塑群，以此复原酒镇熙熙攘攘的旧日场景：坐着的烧锅志得意满，悬着的酒旗斜拂余辉，酒肆的店家吆五喝六，赶集的人们摩肩接踵。彼时，她已在小城东面的青云山上安家落户，终日与泥土厮守。

　　山上的植物春华秋实，它们的根系与泥土纠缠盘桓。泥土强大的生殖能力以绿叶红果的形式呈现，它代表着我们沉重的现实和升腾的梦想。当我们把泥土带进神话、祭祀以及赞美诗的时候，她却找到了一种最为直观的表达。清晨，山风裹挟着泥土的馨香扑面而至，她抓着一团泥巴，捶打摔揉，她要把宁静的时光和甜美的想法揉进泥团里。泥人们站在她的身边，她听得见它们的呼吸，她的内心漾起层层涟漪，幸福的涟漪。心满意足的她，手指在泥土里蠕动，那种感觉恍若游鱼归渊，又如飞鸟入林，自在欢畅。骨架早早搭好了，一些木板钢筋铁钉使得她的梦想更加牢固。上泥堆大形。先在骨架上喷一层水，然后，她把泥团一块一块地往骨架上堆，继而，手持木槌将泥团砸实，那捶打的声音邦邦作响，应和着她心跳的节拍。

山中有很多美妙的声音，譬如树叶的簌簌，飞鸟的啾啾，还有枝条喀吧喀吧的拔节，月光窸窸窣窣的走动，这些天籁都在为泥人设定细节的艺术。她喜欢这样的一个场。在希腊神话中，智慧女神雅典娜走下奥林帕斯山，把她的呼吸吹进泥人的口腔里，泥人有了生命，有了智慧。当泥人捏制者把她的作品投进土窑烧制时，她听到了啪啪的声音，她的泥人碎裂了，满窑凌乱不堪的碎片，仿佛一些生了锈的刀子，割着她的肉，剜着她的心。

她端详着一块碎片，那是她的果实，苦涩的果实。收获失败，也是收获。形成高峰的地方，它的周边布满了陷阱。她开始思考从泥土到泥人的坚固之路。她选用土质细腻、含沙量少的黄河土渠河泥，加入适量棉絮，让泥土们抱成团。心怀爱慕，远赴陶都宜兴，求教紫砂艺人，变泥人为陶人。

如今，她自在自足地生活在一群泥人中间。那些质朴的泥人，它们是放羊娃、跳绳女、卖油翁、掌鞋匠。仔细听，它们在讲述着熟悉的童年的故事。定睛看，那是一个蓬蓬勃勃喧喧闹闹的生活现场。

五亩桃林三百多棵桃树让他着迷。

桃树开心形的树形是他喜欢的。何况，还有众多像羽毛一样的叶子，长在纸袋里的羞羞答答的桃子，桃林中飘着的清新淡雅的香气，这些深深地迷惑着他。他从妇人的唠叨声和街巷的犬吠声走出来，步入桃林，感觉像进入了一个华丽的梦境。

桃林如此的安静而又喧闹。阳光和纸袋耳鬓厮磨着，叶子犹如一团团喧闹的声音，相互推挤着。地面溅起的许多光斑闪烁着，跳跃着，就像此时此地他与桃树的对话，因陷于深情的回忆而显得飘忽如梦。

这是鲁中平原的一个下午，一个中年男人站在桃林里，桃树像一群爱听故事的孩子一样围着他。对于我这个外来者，他报以微笑。或许，在他眼里，我是一朵飘过的云。我看见的是他的四季，像一棵桃树那样扎根生长，经风沐雨，把乡村的日子过得像桃花一样绚烂。

桃树长在地里，长在他一眼看不见的地方。不见桃树的时候，他心神不安，好像丢了什么东西。他是看着一棵棵小桃树长大的。他把桃树修剪成开心形，恍若他的心长在了桃树上。

他说：桃子，桃子，桃是种桃人的孩子，是一群光着屁股爬树的孩子；好种出好苗，好树结好桃，桃树不管不行。

他转而又说：种桃这活儿不累人的，就是给桃子套袋有些麻烦，仰着头，伸着胳膊，一天下来，腰酸背痛的；摘桃的小累不值一提，它被收获的快乐冲跑了，何况，全村推广种植了夏甜、七月黄金、中秋红蜜等多个品种，由一季一收变成两季多收。

桃农最头疼的是防治蚜虫，可是，蚜虫怕七星瓢虫呀。他边说话，边指着两排桃树之间的青草给我看。不是我们懒，这是村里打造生态桃林要求的，用这一溜溜的青草，吸引瓢虫，留住这些桃林卫士。

我问他，村里人是怎么想到种桃的，还把桃树变成了摇钱树？

他哈哈笑了：这还用想吗，我们村祖祖辈辈都种桃树。小时候，他记得村西村北全是桃林，种的桃子叫六月鲜。如今，二层别墅取代了以前的低矮瓦房，村西还是桃林，蓊蓊郁郁的桃林。

他说着话，把手往树上一搭，就有一颗硕大的桃子溜到他的手里，就像一滴露珠，从叶尖滚落土地。我刚要伸手，接住这丰收的甜蜜。却见他拿掉桃袋，把桃子搁在地上，单脚站了上去，待了一会儿，他跳下来，双手捧起地上的桃子，吹了吹尘土，请我见证这阳光与汗水缔造的甜蜜：桃子无裂缝，不变形，果皮的鹅黄一如早晨的阳光，鲜嫩而清新。

这桃子有一个好听的名字，叫黄金蜜桃。在汗水的催化下，它把黄金一般的阳光和细长形桃叶采集的甘露转化为内心的甜蜜。每当枝头挂满桃子，粗壮的树枝几近承受不住了，裹着的纸袋要被一种汹涌的蜜汁撑破了，鲜果的芳香像蚂蚱一样四处蹦跶。桃农是安静的。那些麦荞不分的城里人见到如此硕大的桃子才会大呼小叫，在美丽的桃园，把自己的美颜开到极限。

一个村庄在大地上种下了这种叫"黄金蜜桃"的树，它开花结果，也把蜜汁灌注到村民的内心，孵化朴素而甜蜜的生活。

告别中年男子，我走向他的村庄，一个把农民的致富和家族的兴盛寄托在十里桃花源的地方。想到果腹这个词。村里人最初种植桃树，就是把摘的桃果搁到肚子里，充饥。桃树在几代人奋斗的梦中反复出现，它代表的是乡愁，是几代人对甜蜜生活的接力追寻。

早年，这个鲁中平原的村庄村路坑坑洼洼的，晴天一身土，下雨两脚泥，外村人皆呼"北难过"，好过的年，难过的村。自从济青高速横贯它隶属的乡镇，一个以培育"安丘蜜桃"享誉九州的金乡福地，村里也修起了一条东西通衢，与村北的济青高速构成一种精神上的呼应。黄金蜜桃成熟后，挂树月余不软。这耐运输、耐储存的特性吸引着南来北往的长途运输车。以桃为媒，观光采摘，村庄的桃产业日渐兴盛，棵棵桃树和幢幢小楼比肩生长。

走在村庄的东西大道上，恍若走过几百年的时光。清朝咸丰十一年四月，捻军铁骑攻陷安丘县城，杀知县，毙把总，境内乡民奋起抵抗，留山、大安山附近乡民上山筑墙建寨；平原村庄无险可守，他们高筑墙，广备兵器，乡民枕戈待旦，护一方平安。一个名曰院庄的村庄易名北南戈，新的村名犹如一面战旗，在洪沟河岸畔猎猎招展。

在入侵者眼中，那些平原上的家族犹如他们培育的树一样高大粗壮，凛然不可侵犯。从山西洪洞的大槐树下，北南戈的始迁祖踩着一路的血迹翻山越岭，几经辗转，最终选择在地肥水美的洪沟河岸畔结庐定居，养鸡种树。他们把村西的洪沟河视为连接生命的脐带，压枝低的累累桃果是族人永寿的象征。

在与村人的热情谈话中，我感觉到了他们自然流露的甜蜜之情。他们对于桃文化的钟爱和坚守，构成了一种热闹的民俗。男人刻桃木剑悬于门户，以镇宅纳福。女人眼瞅着灿灿桃花，剪刀下盛开的是艳艳的仙桃窗花，桃花窗花争奇斗艳。春联年年更新，不更的是对桃文化的深厚情结："桃红春意满，柳绿岁华新。"再如，"千门万户瞳瞳日，总把新桃换旧符。"农家饭食则毫不掩饰对桃文化的崇拜。花磕子磕制的面鱼、寿桃美得让人不忍下口。桃花水饺鲜美多汁，一口下去，香味满溢。桃花狗肉滚三滚，五岳神仙睡不稳。待宰的狗几天不喂，促其饱吸桃花香气，再以剪除的桃枝炖煮，做成的狗肉即为桃花狗肉，入口即化，回味无穷。

桃花年年开，北南戈村对甜蜜生活的打造从未止步。他们的目光浸染着桃花的芬芳，内心也被桃树的枝干撑开。他们把桃树越长越粗的生命姿态带入了家园重建。

在乡村振兴馆，看着照片上低矮的瓦房，耳畔是村干部动情的讲述，我的眼前恍惚出现了一群背着铺盖的迁徙者。又是迁徙。这一次，老屋被推倒，他们如四散的蚂蚱栖落周边村庄，在异地的闪电里牵挂着桃树的生长。村西的四百亩桃林还在，宛若戈戟密布的旧时光，那是从根部生长的美丽乡愁，是家园永恒的精神图腾。

乡村振兴馆南望，幢幢鲁风浓郁的二层小楼傲然矗立，红瓦白墙凝固着阳光一样的灿灿岁月，敞亮的院落培育着对于天空的敬重。主街以南，超市、卫生室、小酒馆、生资专卖店犹如肝胆脾胃，旺盛着一个村庄的肌体。恍若去年的花朵重返枝头，一排排住宅楼把他们带到甜蜜生活的高度。

村东是奇珍异果的伊甸园。猕猴桃、黄蜜樱桃、晴王葡萄、羊角蜜甜瓜、维纳斯苹果，各种鲜果以甜蜜的表情诚实展现着一个村庄多彩多姿的生活。如果把洪沟河看作村庄坚韧绵长的树根，桃树则是村庄的树干，它的上面结出多少奇珍异果，都不意外。

问村干部，四百亩土地的由来和北南戈乡村振兴模式的创立。

他说，按照土地延包政策，重新丈量村内耕地，多出部分由村集体代管，统一购置苗木，统一配方施肥，联系客户进村，农民做的事情是，日常林间管理和每年获取收入，一年一亩一万五千元的收入。

我觉得，我是个穿越者。想象多年之前的一个冬闲时节，一条软尺从铁盒里抽出，如同春天的桃树抽出崭新的丈量天空的枝条。土地顺着软尺的拉伸呈现出它的踏实与坦荡。一把卷尺，四百亩土地，年产量一千四百吨桃子，还有全村老少甜蜜的守望和幸福的回味。北南戈村无意中践行着"道生万物"这一宇宙秩序。"道生一"是起始，现在，这个"道"是推进乡村全面振兴之道。

北南戈村的桃子像阳光一样铺天盖地。拖拉机的轰鸣声和脸上滚落的汗珠都是这个季节的果实，一串串，一颗颗，丰富着美丽的田野。村道以北，拖拉机喊着闹着要来的地方，是有机肥培育之所。三五农民运来鸡粪羊粪，加入稻壳和棉籽壳，拌匀，就像全村老少爱吃的拌合菜一样，他们把这时的肥料称作"月子肥"，留待桃子摘除以后，喂给认真开花奋力结果的树。就像给刚刚生娃的妇女，端上一碗浓稠香甜的小米粥。

桃花开处是故乡。村庄党群服务中心大楼有一兴农直播间。直播间背景墙写有"向往的生活"五个大字，字体拙朴而又灵动。向往的生活就在眼前，就在兴农直播间的两侧。做工精致的金砂陶器呈现的是乡村生活的祥和与富足。浑圆饱满的桃子和排列美观的果品礼盒彰显着村民对生活的沉浸与创造，以及对外部世界的殷切期待之情。

绿云萦绕

我对小屋的描述，要从一些树开始，一些像乡下老家的一样繁茂的树。夏秋时节，绿云萦绕，小屋成了一座绿岛。

说起树，如果你对故乡还有残留的影象，你一定会想起蝉鸣，浓荫，冗长的午睡，一种让人舒适的场景。我想，不管一只鸟迁徙到了哪里，它总要选择一棵树来筑巢的。

庭院的深秋有一种宏阔的美丽。白杨树漫生的枝条留下的阴影，遮蔽着门口，仿佛小屋向前跨了一步。蔓生的牵牛，绿出一片好听的童谣，银白，碧蓝，深红，频频更换华裳的花朵，是这个盛大季节的女主持。如果是雨天，空旷的空间变得紧凑，小屋缩成一片梧桐的叶子，雨落在屋瓦的响亮和撒在白杨的细碎是不同的声部，就像一对年轻的夫妻在散步。

小屋只有十来平米，容纳的却是两个人的世界。新生活的开始，往往通过周边环境的变化和内心世界的刷新呈现出来。妻子在一所乡镇卫生院上班，我记得，她最喜欢一种叫"小护士"的护肤品，她枕头上贮存的馥郁的芳香，常常加剧着我在夜晚的头晕。因为上夜班，妻子一般两天来一次。这，使得我们的新婚生活有了一种别人难以享受的等待、焦灼、新鲜的况味。告别的清晨，露浓花重，鸟声清冷，几片树叶在风中赶路，空气中悬浮着粘滞的、湿润的、腥甜的气息。我憎恨这样的时刻，可季候给我的敏感和对明天的期许，使我最终陷溺于这种场景里，不求自拔。

我的小屋是一个隐匿的所在。在浓荫的遮蔽下，它坚硬地保管着内里的芳香，像一枚时间遗失的核桃。这里的建筑都是平房，一律的红墙青瓦，外墙的砖缝用石灰抹平，坚硬滑腻，是房屋外观唯一素朴简单的装饰。房屋用这些清晰简短的线条，向我们陈述它与时间的谐和。和房屋平静温和的表情不同，那些花花树树拥挤吵闹，它们被时光恩宠着，遮天蔽日的叶子，像盛夏冗长的午睡一样，热烈而沉静；花朵至今不知道凋落的酸楚，她们眼里没有世事，恣意的笑声里包含着的疯狂，让人只能艳羡她们的巨大欢乐。

小屋所在的庭院，原先是一个校园，阳光与浓荫间出没的是县城企业的一些职工，那样一种很有质感的过往，现在看来，似乎是树影把稚嫩的鸟鸣收集起来，给他们绿荫，给他们清脆，然后在树冠上，放飞。可以想见，昔日那些来自车间的学生，一定千紫百态异彩纷呈吧。他们当中有目光温和的妇女，有亭亭玉立的少女，柔细纤弱的花茎上，舒张的是一些俊美俏丽的脸。也有喉结突出的青年，他们的声音和气息被树的年轮收藏，在枝干上延伸：白杨的声音低而沙哑，花草的腔调细而轻柔。

庭院的南面西边是村庄、庄稼和流动的风，北边东面是呆板凝滞的建筑物。北边原先是一个服装厂，停产之前，我们的院落里总飞翔着一些轻柔纤细的绒毛，那些楼房看起来更像是我们庭院的北墙。自东而西，庭院像是一个阻隔或者堤岸，西边的庄稼金黄流淌。庭院东南角探出一条100米的土路，以此维持着与外界的联系。小路像根粗糙的绳子栓在柏油路上，在绳子纠缠盘结的边上，是一家车辆维修部，修摩托车，也修自行车，店铺的窗玻璃上还贴着"加工服装"的字样，字红，屋暗，灰灰菜一样，不打眼。那是一家夫妻点，店主小亓是郊区的农民，他妻子下岗了，依然用剪刀缝纫机裁剪缝补着他们的日子。忘记了她的模样，只记得个子很高（高出小亓一头），就像田野里一株秀颀的玉米，挺着饱满圆润的果实，散发着比生活本身更平实、安适的气息。

　　我女儿出生以后，我调离了原先的学校，搬到县城的东南居住，后来去过那个庭院几次，它获得了命名，成了一所高考补习学校，水泥坚硬的意志统治了路面和墙壁，大树置换成趾高气扬的办公楼教学楼公寓楼。小亓的店铺上爬着瓦楞草。那样一个清爽、明净、内含风韵的女人我再也没有遇见过。

我从故乡调到小城教书的那一年，全市进行了学制改革：由"五四"改为"六三"，还是九年义务教育。教材由北师大的版本，换成了人教版。洁白的书页，像涂了一层薄锡，很是晃眼。多年以来，我对新鲜的明亮的事物，往往会产生一些莫名的茫然和惶惑。新教材保留了一些传统篇目。"不错的，像母亲的手抚摸着你"，当我在课堂上读到这个好句子时，我的下巴微微上扬，脸侧向右前方，好象成了一个离家出走的孩子，满含着委屈和酸楚，乞求着这样的一场抚摩。

我的父母是我结婚以后出现在我的新居的。那时，通讯工具还不像现在这么发达，我的父母，他们来得是那样突然和沉重。

他们租了一辆农用车，拉着妹妹和妹夫，装上馒头，干面条，咸菜疙瘩，结婚待客没有吃完的猪肉（母亲把它煮熟了），还有三条几近胀裂的大蛇皮袋，一条塞满了萝卜白菜，另外两条是生炭炉用的玉米芯。可以想见，这辆农用车在故乡发动时，多么像一匹满载收成的马，它高高扬起的蹄声，覆盖了四围的犬吠和乡亲的艳羡；进了城市，它变得笨拙迟钝，红灯停绿灯行都是鞭子，不停地抽在它的身上。

接到父母到来的消息时，我正在三十里以外的一所乡镇卫生院。那是我们新婚的延续：在妻子的单位大摆宴席。已是中午，我刚要把打好腹稿的感谢辞端出来，卫生院值班人员来了：两位老人在家门口等着，让你抓紧回去。我知道父亲用的是哪家公用电话，可是我却不知道号码，即使知道了，人家也未必肯跑过去给父亲送信。整个中午，我凹陷入了巨大的空洞之中，仿佛我的身体只是一个通道，酒肉穿肠而过，行色匆匆。强撑的笑颜和无法遮蔽的不安，成了我以后婚姻生活坚硬的表情。

回忆常常是虚无飘渺的，像风一样游移飘忽，它是一种虚构，只有和母亲连接起来，它才显得那么真实，仿佛浮雕，聚敛多年的风声凝固成了清晰的线条，伸手即可触摸。

现在想来，那竟是成年以后我和母亲挨得最近的一个夜晚。下午，我赶了回去，只看见母亲一个人被鼓鼓囊囊的包袱、方便兜、大蛇皮袋们围困着，她孤苦无助的样子，让我闪电般想起客运站门口台阶上那些坐着的老人，而车站阳光灿灿市声喧喧。晚上睡觉的时候，母亲执意要睡在床的外侧（里面是妻子的被窝），我知道母亲的心思，她担心自己一身的土味会弄脏新媳妇的被褥。拗不过，我只好像儿时睡在炕头一样，蜷缩成一个孩子。鼻翼吹拂着妻子淡淡的体香，耳边轻拂着母亲平匀的呼吸。这个夜晚，我睡得多么塌实。如此类似的场景被我复制了多次。每每和女同事一起骑车上班，我总是不自觉走在外面，惹得女同事感慨系之：难得男人如此心细。

我的母亲隐忍，沉默，不事张扬，父亲则性情外露，率性而为，颇有魏晋风度。譬如母亲病了，就一声不响的，竭力把自己隐藏起来；父亲不然，要么半夜围着石磨转圈（父亲大半生一直牙疼，这几年牙齿脱落，只剩下了牙床），要么趴在炕上，运用一两个单调的叹词和丰富的语调陈述他对疼痛的理解。惟独有一次，父亲吃了变质的烧肉，肚子剧烈疼痛，他把自己隐藏到了我住处南面的玉米地里，像驴卸了磨打滚一样，浑身是土。晚饭的时候，妻子说，从老家带来的烧肉不能吃了，扔掉吧。父亲觉得花钱买的，吃了不疼瞎了疼，他自己悄悄地吃了，谁知不多久，急剧的疼痛就像老猫的爪子在撕扯着他的肠胃。他以为是给儿子丢了面子，怕我妻子瞧不起，他果断地决定：挨，挨过去就好了。我对父亲的病痛毫无知觉。过了一些日子，听着母亲的叙述，我无法想象，一个儿子，还不如几棵青草，一些泥土，它们尚能缓解一位老人的痛苦。而青草泥土们腥甜的气息，依然一波一波地，像风，在吹拂着我的内心。

父亲结婚的那年已经29岁。

奶奶很高兴，想不到混账这孩子能娶到戴福来的闺女。我幼时的记忆里，奶奶一生气，就使劲地掂着脚后跟，好让声音爬过墙头，钻进窗棂，直直地戳到四邻的耳朵里：你这个小混帐！你这个小混帐！父亲的乳名叫"混帐"。他周岁丧父，跟着奶奶出了村子，向东走，趟过朱耿河，到了东朱耿，在一郝姓人家落了户。"郝"在我们那里，不读"好"，读"火"。父亲刚长到能背一捆柴的年龄，就去西朱耿（父亲的出生地）、梁河给人家做了几年长工，拔草，锄地，拉车，牲口一样被人使唤。父亲的工钱每月四斗粮食，一斗40斤，一年驮回480斤，和继父的眼光短暂地对接了几秒钟，就去水缸里舀一瓢凉水，"咕咚咕咚"地喝，像一头刚卸套的公牛。父亲19岁那年，他的继父去世，父亲成了一家之长。其实，自从父亲被奶奶抱着离开西朱耿的那一天，他就失去了童年的所有岁月。

父亲真正的童年，是从娶了母亲以后开始的。

尼采说，人生有三变：骆驼阶段、狮子阶段和婴儿阶段。父亲29

岁，进入了婴儿阶段。他活得简单，并不哲学。在而立之年，他的活泼、任性、好动才刚刚显山露水。

我的外公戴福来是东朱耿有名的私塾先生。外公喜欢看书。记得外公坐在屋檐下，黑灰色的瓦片低垂着，他的目光像一片温水，在纸张上白热着，我喊外公，他抬头，一些阳光在他的镜片上扑棱棱地跳跃着。和郝姓家族分居以后，父亲成了一棵杂在麦地里的稗草，窄着身子，小心谨慎地吸食一线阳光。外公在世的时候，每年都给我家写春联，他常写的一幅对联是"忠厚传家远，诗书继世长"。外公知道，父亲没进过一天学校门；外公怎么也不会想到，父亲结了婚，居然成了母亲的孩子。

外婆早逝，母亲是四个弟弟和一个妹妹的姐姐，和父亲结合以后，她的温顺体贴，很快量移到父亲的身上。父亲早年的经历像是把他的童年冰冻，密封，保鲜，等待着母亲温热的疼爱，然后春天的河流一样，哗啦哗啦，融化。父亲结婚以后的三十多年，母亲就是他活着的全部温暖。也许在这个时候，父亲就唤回他的童年，让我们都生活简单的快乐里。母亲晚年得了肌肉萎缩，到了最后，说话都含混不清，只是摇头点头，更多的时候，母亲的头软塌塌地耷拉着，像傍晚的向日葵，在拾掇一点点昏黄的余辉，塞进黑夜的锅灶。母亲一脸的灰色。父亲的话是一团灯光，在小屋里晃动着，漫溢着，"咱老俩谁走得早，是谁的福"，"看看，又低头认罪了"。在煦暖的灯光中，母亲慢慢地抬起头，嘴角一抿，就紧凑出一个明亮的微笑。可是，母亲走了以后，父亲一下子老了。一天，他去接放学的女儿，我想招呼一下，想说，我给小雨买饭吧。他窝在上衣口袋里的两只手，纽扣扣眼一般地努力靠近，眼睛直直地瞅着地面，使劲地收缩着身体，只见帽檐往前一晃一晃地送。他和我擦身而过，仿佛没有看见我。他伛偻的背影看上去，是那么地单薄和孤独。晚上他说，牛皮癣犯了，一见风，浑身刺痛。我一时失语，眼神空洞，陷入了夜的漆黑。我看不见童年的父亲，我深一脚浅一脚地向他走去，从39岁走到37岁（这一年，母亲病逝），走到29岁（这一年，我结婚），走到18岁（这一年，我考上师范学校）。我能把父亲拉回过去的生活吗？

父亲29年的磕磕绊绊，是我记忆的盲区。如果我试图用想象去走进它，那也许是一部没有同期声的黑白记录片，画面灰白，黯淡，人物哑然，像个流浪的乞儿，动作笨拙地找寻着一团火光，撕破这沉闷的氛围。我的母亲就是这样的一团火光。在她嫁给父亲的时候，父亲有些像电影里挂了彩被抬回医护所的悲剧英雄。西朱耿的家谱上，父亲有着自己的名字：刘安修。这名字成了他大半生的隐喻：有了母亲的修补，父亲才开始过得安稳，舒心。

父亲牙痛。他年轻的时候给人家扛活，中午，主人熬好一锅菜，父亲掀开锅，但见沾了玉米面的蒌蒌毛，像是少女的发梢扑闪着微黄的阳光，是那么的形态生动。父亲用筷子扒拉，用舌头吸吮，汤汤水水五大碗，吃出一身臭汗。这一次吃撑，疼痛在父亲的牙洞里潜伏下来，像一只长着利爪的老猫，突然蹿上来，抓扯着他的牙根，撕咬着他的腮帮他的前额。半夜里，父亲痛得厉害，就围着天井里的石磨，像蒙了眼睛的驴，他捂着腮，哼哼着，转圈。转来转去的疼痛，有一些从他的嘴角淌出来，淌成酸酸涩涩的口水。仿佛有冷风在母亲的牙缝里吹，她的嘴角也不自觉得抽动着。久病成医。父亲的牙痛，使母亲掏到了不少民间偏方。父亲围着石磨哼哼唧唧，灶屋里的风箱呱嗒呱嗒地响着，欢快的节奏覆盖了打颤的音调。母亲端着一碗蜂窝水从灶屋出来。她弓着腰，边走边轻轻地吹着碗上的热气，隔着腾腾热气看过去，母亲撮着嘴唇，她略显黑瘦的脸上挂着白白嫩嫩的汗珠。父亲很听话地躺在炕上，嘴唇合拢，蜂窝水的温热在口腔里游走，咕咚有声，吐的时候，干净利落。父亲哼过闹过之后，便了无响动，像个熟睡的婴儿。有时想想，上帝可能是个玩心正盛的孩子，他并不是真的想让父亲生病，而是想把父亲变成一个孩子，哭哭啼啼的孩子，让母亲疼着，宠着，呵护着，激活他对温暖的知觉。

母亲走了以后，父亲变得不爱说话了。他的牙齿全部脱落，只剩下了牙床。现在，父亲躺在一堆痛痒之上，表情木然。他的牛皮癣越来越厉害。被子掀起的冷风，让他浑身刺痒，好象许多毛毛虫在蠕动。内吃外敷了几家专卖店的特效药之后，他说，他和这些癣一起待了四十多年，你娘都记着呢。父亲的皮肤对季节的感知格外敏锐，是慢性疾病使得他有了对生活的细微体察。有一天，他忽然说今天是母亲节。是洋节，我的声音很低。我看有人在过呢，他犹豫了一下。他笼在我头上的目光阴翳翳的，看上去是一片积雨云，如果我温热的目光接应过去，就会下雨，是吧嗒吧嗒的大雨点。这两年，遇见老奶奶领着她的孙女，我就停下来，失神地看，直到眼泪模糊了世界，然后悄悄地转身。母亲不在的这两年，我越来越像母亲。

到现在，我觉得父亲的生活方式很不一般：对生活，是一种贴着心连着肺的大热爱。至少，他对病痛的理解比我深刻直观，有着鲜活明亮的性格。2004年春天，父亲得了青光眼，在市人民医院的眼科病房大哭大叫，使得其他的病人暂时失去了疼痛，挤在父亲的病房门口。我匆匆赶来的制止很有疗效。事后，妹妹埋怨我，父亲是见了母亲才哭的。那时，我们一家五口分居三地。我在县城住单身宿舍，母亲、妻子、小雨一起生活在县城西去40里的一所乡镇卫生院，父亲一个人在老家耕种着两亩薄田。是父亲的生病，使得病房成了我们获得团圆的家。他的哭喊是一种撒娇，是对亲人相见的一种酣畅淋漓的表达。从某种意义上说，敢爱敢恨的父亲应该是一个抒情型的农民，或者说农民诗人。父亲外露、恣意、响亮的气质，拓展了我的精神空间，塑造着一个家族的清澈和奔涌。

父亲爱打扑克牌。晚年更是如此。以前在老家，有母亲在旁边帮场，他的话也多了起来，每每抓到一把小牌，就喊"儿童团吹哨子，小班子集合了"；或者"大姑娘开大会，没有一个带孩的"（点数在10以下的扑克牌只显示点数，没有头像）。母亲说你好好出牌吧。父亲就眯着一双小眼睛，聚光，眼前的扑克牌像大蒲扇一样，忽闪着，看别人出牌的时候，父亲就让扑克牌紧紧贴住自己的前胸，显出无比亲密的姿态。

单位宿舍楼的左近，有许多民工在那里揽活。父亲打了几把牌，就和他们熟悉了。父亲送小雨到了学校，就拎着马扎赶了过去。父亲扎在一堆民工中间，帽檐微微上仰，阳光镀亮的脸，使得周身的衣着异常灰暗。父亲出牌的动作轻快干净。白色纸牌闪亮的一瞬，让人确信，它是从灰暗中升起的，来自父亲生命内部隐藏的光芒。

看着出牌的父亲，似乎看到了他是怎样走过那些坎坎坷坷的，看到了他生命的底牌，熠熠闪光。那个最疼我和他的人走了，在遭遇天人相隔暌违的大悲痛大无奈之后，我和他都在慢慢地长大。至少，是母亲的去世矫正了我的亲情方向。我开始把目光越来越多地投向——我的父亲。

慈母山

　　打开我家的后窗，就是慈母山：我不过去，山就过来。这是我生命里绕不过去的一座山。

　　我在慈埠搬了四次家，越搬离慈母山越近了，像是一种宿命。慈埠，原先就叫慈山公社，改成慈埠乡、慈埠镇，后来乡镇合并，慈埠就还原为一个纯粹的地名。我理解慈埠，我觉得，它更愿意自己像山上的一棵树那样活着，本色，淳朴。

　　妻子在慈埠卫生院上班。我们没有亲戚，朋友也不多。慈母山就成了我家的后花园。

　　我不知道，是不是所有的山都被故事保护起来。慈母山也有故事。三国时期，青州别驾王修不从曹操为官，回家侍母，死后母子二人埋骨"桃花山"。后人感念子孝母慈，改"桃花山"为"慈母山"。山上已是墓碑林立，高低错落，成了一个新的村庄。

　　我要看的是桃花。山上到处是桃树。铁褐色的枝条，是寒冷凝聚的骨骼，一眼看去，让人肃静，也让人有着隐隐的疑虑：苍老的容颜，会绽放饱满的微笑吗？缤纷抢了眼，馨香夺了魄，是桃花的节日。我很幸运，在这样的一座山上，看着丑陋的枝条，我看到了通往春天的道路。

都说小别胜新婚。我和妻子在不断的别离中越来越陌生。母亲看在眼里，手上的活计却更勤快了。看孩子，做饭，打扫庭院，后来母亲还赶集买菜了，在老家，都是父亲出头露面的。

父亲农闲了，也两腿泥巴地赶来，背上驮着一根尼龙袋子，像一个外出打工的，驮回一年的忙活。进了门，就大口地喘气，咕咚咕咚喝水，忽然一指袋子：快把干粮拾掇出来，面条刚压的，要晾开。

一座山，像是一个敦实的粮仓，让我们心里特别塌实。父亲是一个闲不住的人，他早上出去溜达，像顺手搂把青草给牲口，他拉回一些桃树杨树的枝条。山上很多，冬天生炉子吧。冬天过去了，房前还堆着大捆大捆的柴草。父亲买了一个烧水炉，它的造型像一口锅，大腹便便的，一面探出一个圆柱形的进口，往里填木柴，另一面是出口，父亲竖了一根废弃的烟囱管。后来，母亲看出了门道，她把铝锅放上去，蒸馒头。面是老家带来的，母亲做了馒头，父亲就坐在烧水炉前生火，填柴，咳嗽。这种生存方式，很原始，却也实惠，自给自足。

我的父母，用低到泥土里的姿势，换取了妻子的认可和舒心。医院宿舍区多用抽烟机，我家的烟囱低低地竖着，炊烟便顺着这根藤蔓，开出了袅袅的花束。就像节日的盛典。

父亲的目光终于有了着落。

他看好了山上的一块荒地，想开垦，母亲不同意：铁锨锄头水泵不全都靠借？家里还有地呢。

父亲是一只候鸟。秋凉了，大雁向南去，父亲往北飞。第二年开春，他带来一些蔬菜的种子，有大葱、辣椒、丝瓜。大葱种在院墙的外面，炒菜的时候，信手掐一个葱叶切细了，炼锅，满锅都是热烈的油星。辣椒站在西墙根，是对粗糙墙壁的一次艺术修补。最是丝瓜得意，几根木条导上去，厨房的屋顶是天然的架子，有吃不了的丝瓜任其风干，掏出里面的丝瓤刷碗刷锅，干净，卫生，很原生态的洗刷工具。宿舍区正对路的地方，不建住房，垃圾成堆，父亲忙活了一天，运垃圾，松土，调畦，跑集市买茄苗，栽种。茄子开花时节，翩然飞着一群紫色的蝴蝶。

农闲变农忙。父亲在慈母山下寻了一个加工活。每天接送女儿上幼儿园外，父亲还用自行车带着母亲去，一起上路，回家，融入了当地人的生活。

母亲生命里的最后六年，有四年在慈母山下度过。一辈子能有几个四年呢？

我长久地凝视着一棵桃树，回忆远去的花朵。桃树是转世的母亲。

"娇嫩而又顽强，亲切而又飘忽"，我以前写桃花的句子，却成了眼前重现的意象。争开不待叶，密缀欲无条。忙碌，绵密，多像勤劳的母亲。

这是一座桃花山。因为桃花，它一直保持着自己的一种色调：绚烂归于质朴。

起风了。满山的树叶喧响着，在我听来，是天籁，是《圣经》的声音：

"你的母亲先前如葡萄树，极其茂盛，栽于水旁。因为水多，就多结果子，满生枝子。……。这枝干高举在茂密的枝中，而且它生长高大，枝子繁多，远远可见。"

这是颂歌，也必用以作颂歌。

第四辑

把酒话桑麻

曹丕在《典论》中有言："三世长者知服食。"魏文帝的意思是说，知华服美食之道，须是三世仕宦者，有长期的清雅环境和饮食文化做底子。想知而不可知的另一个原因是，一些仕宦之家的食单是代代单传的秘方，不与世人共享。

我的故乡有一传统名吃曰芝畔烧肉，工艺是先蒸煮后熏烤。食材是皮薄、瘦肉多、肉质细嫩的长白猪。蒸煮时须放一个裹有三十六味中草药的沙袋，烤肉时以红糖、谷糠铺于锅底，熏染猪肉至橙黄色，且有一股淡淡的燎烟香味。有着画龙点睛之妙的沙袋更像一个魔幻宝盒，藏着物物相融的自然之道。明初，靖难之役爆发，君臣奔窜。相传有一季姓御厨昏厥在逃难途中，被芝畔人刘孟广收留，细心赡养。三年后，季某患病，临终前告以实情，并以大明宫廷的御膳烧肉秘方回赠善心人。三十六味中草药里有豆蔻、砂仁、肉桂、八角、茴香等几种，可谓路人皆知。其它草药以及草药配伍，知者寥若晨星。至于蒸煮熏烤火候的拿捏，则须多年的揣摩与实践。

古代的食单有名目，有食材，有作法，记录着厨人对生活的认真，以及对美味的理解和表达。南宋泉州才子林洪虽为进士，却无意仕途，迷恋恬淡隐逸的生活，常以林逋七世孙自称。梅痴林逋在孤山种梅，种了三百六十株，也写写诗，其中有这么两句："疏影横斜水清浅，暗香浮动月黄昏。"林洪也酷爱梅花。梅花是宋人的精神徽章。梅花飘落如蝶，诗人不忍见其零落成泥，捡取落梅残瓣，洗净，从雪地里舀取新雪，与白米同煮，待粥将成时，撒入朵朵残红，煮一二沸，梅粥即成。梅粥、汤绽梅、梅花汤饼、蜜渍梅花、山家三脆等近百种美食，被林洪记录在一本名为《山家清供》的书里。这部《山家清供》不尚奢华，推崇山舍清谈，所记多为山野食材，材料易得，烹制方法各不相同，更有诗文掌故把寻常饮食诗化为回味无穷的情感记忆。

我觉得，林洪很像小时候的我。譬如，他把初夏鲜笋唤作"傍林鲜"。采了嫩笋，在林缘扫叶煨笋至熟，刀戳剥食。如此，在河畔煮刚出水的鱼，叫"起水鲜"；在地头烧新摘的大豆，叫"傍地鲜"。儿时的我们用两块砖头搭了灶台，搁上两个耳朵的小锅，煮鱼。最妙的是地头烧豆。秋末时分，收割大豆，经常要烧几棵豆香香嘴的。大豆须整棵收取。斯时，豆叶灰黄，豆棵豆荚皆浅黄。寻几片干树叶，引燃豆棵，火苗蹿跳的时候，豆棵豆荚噼里啪啦地响，犹如一挂挂喜庆的鞭炮。待树叶豆叶燃烧成灰，脱了上衣，两手握住衣领两端，像大蒲扇一样扇动几下火堆，灰烬如蝇四散，露出圆不溜丢、黄不溜秋的大豆。豆粒用手捡了，往嘴里扔，入口一咬，嘎嘣一声，满嘴喷香，听着都让人唇齿大动。吃上一阵，嘴角被豆草灰给染黑了，看着对方滑稽的样子，一个个笑得腰都快断了。

林洪又像一个遥远的我。踏雪寻梅，寻茫茫雪野上那一群沸腾的神，拾取落英熬粥喝，干花当香烧，从味蕾到心灵，无一不被梅花抚慰着。我们的味蕾是有记忆的。置身雪天火炉、仙乐飘飘、皓腕把盏、儿孙绕膝这样的饮馔环境，我们的味蕾异常地活跃，记录着食物的酸甜苦辣，记录着人与美食相遇的小确幸和小忧伤。

我的母亲识字不多，她一定没读《山家清供》，但她对食物的态度和书中观点惊奇的一致。拔萝卜碰掉的萝卜缨，拔秸棵碰到的茄妞子，母亲却宝贝得不得了，洗净，晾干，粗盐腌制，使它们得以重构生活的甜美。我印象深刻的是她摊的煎饼。玉米、瓜干、高粱，甚至荒年的榆树皮，均是她的食材，都能摊成大而薄的煎饼，卷起来有拇指那么细。粗粮变细粮，并把食物的芳香最大限度地激发出来，这是对生活的升华。许多这样的吃食，在许多年以后的品味或回忆之中，都是回味，它们牵连着许多过往的时光。

景芝小炒

景芝古镇有一条小街，叫景芝小炒一条街。三步一菜馆，五步一酒家。招牌以"小炒"为名号，店铺大都在市招上前缀店主名字，提升家常菜的高度。匾额多为朱红色，黑底黄字，香蕉黄，白日古朴郑重，夜晚被光一打，醒目，温暖，很是让人食欲大增。

我的一个师兄，在景芝教书二十余年，那一个黄昏，他领我拐进一条胡同，踅入一户人家。正房三间，灯火亮堂堂；西侧偏房颠勺声叮当直响。掌勺者户主，端菜的是一乡野村姑，衣着素朴，面容姣好，那可是秀色可餐的邻家女孩。点菜上菜皆乡音缭绕，让人感觉这不是下馆子，而是走亲戚，吃大席，等一盘小炒端上来，热气氤氲，菜香满屋，家的味道更足。大锅蒸饭，小锅炒菜，够味，好吃。景芝小炒所用炒锅为耳朵锅，带一手柄，磕磕两下响过，便有新菜上桌，炒好一个上一个，若是几桌都点一味炒菜，亦是单独起锅，讲究先来后到，绝不以大锅菜敷衍。

小炒肉，大滋味。外乡人寻小炒，贪恋的是新鲜的口感，我们吃的是回味，那是一种温暖人心的乳汁般的味道。青菜切为小段，猪肉斜刀切细丝，细小处见真功夫，一盘活色生香的小炒，体现着厨人对生活的认真，对美味的追求。

正宗景芝小炒有四道菜肴：香菜小炒、韭菜小炒、蒜薹小炒、贡菜小炒。会做香菜小炒就能开菜馆。像我这等厨人，是天桥的把式，嘴上功夫了得，所炒之菜全不对味。香菜小炒，以食材之优下和火候之拿捏为最重要。

先说食材。香菜择叶，洗净，只取菜梗中间一段，切成小段，三公分长。斩去的两端，粗细不均，折损佳肴之美色，可切细丁，油盐调食，作提味小菜赠送食客。香菜茎纤细，味辛香，炒食后尤为脆嫩清鲜，有老人说，香菜那个脆啊，掉在地上能摔成两半呢。猪肉选取后臀肉，其质地细嫩，嚼劲十足。略带一点薄膘，切为细肉丝。木耳四五朵，入温水泡发，待其如浪花绽放，触之柔软有弹性，撕成小朵。各色调料，香葱、姜丝、八角、食盐、味精、陈醋、香油、花生油、黄豆酱油，悉数到场。

景芝地处潍河冲积平原，地肥水美，物产丰饶，食材丰盛。儒家思想亦是此地之膏壤沃野。孔子所处时代是中国饮食文化的形成期，灯高下明，其思想由鲁地辐射全国。"食不厌精，脍不厌细"，前者说食材须精选；后者言工艺求精细。

景芝小炒的工艺是爆炒，热油旺火，快速煸炒，简便迅捷。爆炒有酱爆、葱爆、芫爆、清爆数种。景芝小炒是鲁菜，以香葱爆锅。香葱切为碎末，叫葱花，待锅内花生油烧热，放入葱末、姜丝、八角，一锅油真的开花了，香花大朵大朵地开，香气扑鼻。加细肉丝，炒散至肉色泛白，淋入酱油上色，亦增鲜美之味。肉色转黄，下香菜、木耳，炒至香菜断生，撒细盐、味精，炒匀。最妙的是烹醋。沿锅沿往下溜几滴，增鲜细无声，勿劈头盖脸地浇，以食之无醋味为佳。出锅前点几滴香油，可谓画龙点睛，其味鲜美无敌。景芝小炒咸香适度，鲜脆爽口，深得鲁菜之精髓。其最高境界在于口感，也在于视觉的审美。猪肉细如粉丝，与香菜梗搭配，油润光亮，绿意盎然，小小木耳散落其间，宛如倾听自然的风声，青菜的拔节声。一盘上好的香菜小炒，搁置半天都不黄烂，香菜依然鲜嫩翠绿，让人啧啧称奇。

适口者珍。有一次，我们吃香菜小炒，一半淋了香醋，另一半原汁原味。一盘菜，酸鲜香咸两重天，更像五味杂陈的生活，极耐咀嚼。依香菜小炒之法，以肉丝炒西芹，名字就叫西芹小炒，又是一种新鲜的味道。此菜单可罗列若干，譬如黄瓜小炒、扁豆小炒、白菜小炒、咸菜小炒、土豆丝小炒、茶树菇小炒，天下菜蔬可分而治之。鲜嫩菜蔬小炒，碧绿油润，香鲜味美。木耳、贡菜等干货予以泡发，重返青春，炒食以后，清爽可口，柔软有韧性，嚼之有异趣。皖地贡菜与吾乡猪肉合一锅而炒之，谓之贡菜小炒，吃起来有萝卜干的口感，但闻唇齿间咯吱咯吱地响，那是美食和味蕾合奏而出的音乐，已是听觉的盛宴。

景芝古有"四县通衢"之称，206国道贯通镇区，商旅骚人往来不绝，饮食自是考究，有三页饼、金丝面、景芝古酿闻名于世，景芝小炒味兼荤素，制作精细，又兼容并蓄，吸纳南北风味，能吃上被周恩来总理赞不绝口的"响菜"乃寻常之食事。在古镇，呼朋三人，小炒四味，古酿一樽，薄醉之时，以三页饼卷小炒，吃一个风卷残云，人生之酣畅淋漓，莫过于此。

景芝菜馆前身是自家灶台，烹饪之时，镇区的街道满满当当地拥塞着馋人的香气，可谓一家炒肉众人闻香。从灶台到菜馆，依旧全心全意为一种吃食而精工细作，经济实惠，物美价廉。景芝小炒的发展，与坚守地域性有关，亦与商业城镇的繁荣有关。小炒不小，味道万千，有吾乡精致的生活在里面，亦有中国饮食文化的高度。

吾乡酱茄子

西关有一味小吃，叫酱茄子，是非常叫好的。

倘若以为酱茄子就是酱油腌茄子，或者面酱烧茄子，那就错了。西关酱茄子的主要食材是鲜茄、曲面和精盐，其酿制秘诀，一是食材要精，不止鲜茄老嫩适中，均匀周正，甚至器必洁，水必甘，风必清，二是时间要久，犹如一部伟大的经典，它是历时态的，是时间的杰作。

我们这里有"立夏栽茄子，立秋吃茄子"一说，说的是节气食俗，也道出耕作和收获的关系。初夏，站在土垄上的茄苗，伸展着丫形的分枝，分枝上挂着椭圆形的大叶，神气得紧。到了七月，芙蓉撑起一树红云，低垂的茄子紫不溜丢地，如浓黛一抹，叫人想起它古色古香的名字：落苏，降落人间的紫苏。祥云笼罩，紫气氤氲，露实低悬，生活在夏日乡村的人，真是有福气，有贵气。隋唐时，茄子又名落酥，"盖以其味如酪酥也"。茄子之美味，着实让人垂涎欲滴。鲜茄可爆炒、红烧，亦可油炸、凉拌，均是美味。犹如良辰见美景，立秋吃鲜茄，会让味蕾欢呼跳跃的。把鲜茄投到瓷缸里，一层鲜茄又一层酱醅，如此发酵，倒缸，再发酵，经冬复历春，至初夏，方能掀起它的盖头来，这又是怎样的一种深厚而绵长的情意？

立秋，鲜茄上市。圆茄大头大脑袋，傻乎乎地，很可爱。长茄有一副好身段，可谓细腰肥臀，特性感。茄子是中国最有喜剧气氛的蔬菜。摘茄子的、卖茄子的、吃茄子的，甚至长枪短炮瞄准的那群人，都在喊茄子，所有的人都长了一个菱角嘴，看上去特开心，特有喜气。茄子带来的都是好心情。选一些上好的茄子，让它和小麦面黄豆面做成的酱醅在瓷缸里相濡以沫，那好心情会把未来的许多日子熏染得宁静而又醇香。

酱茄子，须先制酱醅。精选黄豆，剔除坏的、变质的和其它杂质，清水洗净，浸泡，拌入洗净的小麦，锅里加水，以漫过豆麦为准，蒸煮至酥烂，取出，置于苇席上晾晒，半干为宜，过干不利发酵，过湿易伤热生虫。将干湿适宜的酥烂豆麦搅拌，攥成面团，搁在荆条筐里，左右留寸许的空隙，上下两层可用净洁黄亮的麦秸间隔，置于通风阴凉处，发酵。约莫十多天，面团表面长了一层灰黄泛白的长毛，其上附着淡黄微绿的斑点。这些长毛，这些生动的斑点是米曲霉留下的印迹。很多的微生物和我们生活在一起，它们来无影去留香，聪慧的家乡人很早就发现它们的存在，并以浑圆饱满的面团向它们发出深情的召唤。阴凉通风，让微生物们在自然状态下进入面团，培养发酵菌。圆圆的面团，其表面的每一个点都成为鲜甜的中心，酱香的反应堆。晒干，拂去面团上的长毛，去磨房里粉碎成面，把煮沸放凉的盐水倒入瓷盆，与碎的曲面搅拌成糊状，其上覆以洁净白布，置于阳光下曝晒，酱盆下可铺垫一些青砖，以阻断地气之阴凉。一日翻搅数次，隔几日加一次凉白开，直至面酱呈暗紫之色，持一只筷子蘸一点点入口，口感咸中带甜，乃成。

此面酱可食，是拉饭妙品。以生菜蘸食，譬如苦菜蘸了甜酱，口感层次有提升，味蕾的旅行亦是无比清爽。也可用以炒菜，譬如酱烧茄子，面酱热过，冷过，也曾圆鼓如球，也曾碎为齑粉，终于有了与鲜茄的一遇，那种滋味，咸鲜之中带有回甘，酱香之外似有别的味道，让人品味不尽。面酱可酱黄瓜，酱莴苣，酱茄子。吾乡酱茄子始于清末，盛于民国，老县城的义和恒商号以酱茄子为号召，其产品远近驰名，行销鲁地，远至东北。

所酱之鲜茄，须圆形嫩茄，以对茄和四母斗（一级侧枝果实称对茄，二级为四母斗）为佳，上好的鲜茄皮薄肉松，子嫩味甜，且大小相宜。去把，用谷草叶轻轻磨去茄子表皮，拿一根干净的竹签自茄把处插入，但不要插穿，以使酱香浸润内里渐入佳境。腌制鲜茄，先在缸底铺一层面酱，然后把洗净晒干的鲜茄放入，有茄把的一方朝上，其上再以面酱覆盖，如此填充至满缸，用干净的包袱封口，放在通风阴凉处，三月之后倒缸一次，历时九个月，方可开缸取食。

此酱茄之法，他处罕见，所酱之茄，风味殊绝。观其色，紫色之茄，却酱腌出奇特的红褐色，且呈透明状，犹如一块晶莹剔透的美玉，这种酱茄的味道一定引爆味蕾的狂欢。小心搬到白瓷盘里，用筷头轻轻挑起一块，径送口中，无须细嚼，茄肉松软如酥，感觉比焖肉更加腴嫩，甜中带酸，饱吸了酱之咸香且有豆香味，用舌尖稍稍一压，让它在舌床上多停留一会儿，腮颊之间又似有一些凉凉的风，酸酸的雨，让人吃过一次就忘不了。

酱好的茄子确实能吃出焖肉的味道，况且制作酱茄，费工夫，成本高，周期长，价格远远高于猪肉，我们这里的人以此为佳品，馈赠亲友。南方多阴雨，盛行梅干菜；北方光照足，乃有酱茄子行世。出门或送客，就带走一坛酱茄子吧。吾乡最喜用油篓。油篓是一种坛形容器，用荆条编成，肚大口小，内外糊几层毛太纸，用桐油浸透，干燥，即可使用。小号油篓装酱茄两个，篓口以红色商标纸封好，看上去古色古香，特有韵味。

此种酱茄，我吃过一次，味道很特别。吃的时候，有同学说，某某的母亲所酱之茄最有口感。天哪，他说出了我初恋的名字。当时我想，有这样一位精于美食的丈母娘，今生多么有口福。让人无限遗憾的是，既已错失，所能拥有的就只有酸酸甜甜的回忆。

三页饼

三页饼是一张饼，又叫"景芝三页饼"，因其"三页如一，页薄如纸，一抖三开"而成为山东很有名头儿的老字号。

景芝三页饼是美食，为吾乡所独有。在他处，我只吃过马宋三页饼，亦是一抖三页，可一抖开，硕大如烧锅之盖，尤为大气磅礴。我买了三张，拎回家，让女儿猜，她说貌似有十多张饼。景芝三页饼只有碗口那么大，每个面剂儿八钱许，三个面剂儿擀成一张饼，卷起来只有手指一般粗细，盈手一握，小巧精致至极。其形色亦可玩味。观其形，似满月，如玉盘，极为美观。如果把它搁在当天的晚报上（取其一页亦可），文字清晰可读，让人叹为观止。

在我们这里，三页饼也叫团圆饼。一家人围坐一桌，圆桌中心兀立着一个柳编笸箩，笸箩里一大摞三页饼，四色小菜分列笸箩周边，岂止味蕾有高度，饮食亦有大境界。拎了一张，细看，洁白如玉的饼面上金黄的烙花星星点点，宛如花丛中飞着的小蜂小蝶，让人看着，恍若置身麦香弥漫的大野，一时为之心醉。

三页饼是艺术极品，其最美妙之处在于触觉的享受。以手触之，软如苏杭锦绸，细细嚼之，软嫩而筋道，饼薄而味厚，越嚼越香，若是人有水鸭一般的长脖，享受徐徐下咽之美，尤能感知饼之美味。初入口，吃的是一个柔韧的口感，香气并不浓烈，它如丝如缕，脉脉浸润着你的舌尖，及至舌床，也只是一些小溪流，但是，那香很执拗，如炊烟，只弥漫，不飘散，是一种纯朴而原初的田野上的清香。品尝三页饼，要在时间的流动中体验它的美味，狼吞虎咽之徒，对三页饼无疑是一种虐待。

外地人吃三页饼，也许贪恋口感的新鲜，我们则是痴迷它咀嚼不尽的味道，熟悉的故乡的味道。它的清香，来自潍水浯河不舍昼夜的润泽，亦得益于昌潍平原大太阳的烘烤，这就叫独特风味。一张圆圆的薄饼，是故乡的一个载体，捧着它，听得见鸡鸣声声，看得见麦浪滚滚，还有亲人的容貌。

三页饼在我们这里的出现，是有文化大背景的。由一层饼叠加至三层，味蕾高度的提升源自经济的充裕和生活的精致。景芝为山东三大古镇之一，古有"四县通衢"之称，店铺林立，商贾云集，饮食自是十分讲究。明末有民谣这样流传："一路酒旗风，满街驼铃声，来自八方客，都吃三页饼。"如今，客车在景芝站停靠，就有女子把提篮举至车窗前，一伸手即可买到三页饼，可谓古韵悠悠古风浓浓。

三页饼的工艺亦是路人皆知。如若擀制，一般厨娘非不为也，实不能也。三页饼食材简单，但考究得很。面是小麦特精粉，豆油乃放心小油坊之出品，盐为超细碘盐。擀饼需淡盐水和面（以适量温水化开细盐），揉成的面团柔软而有弹性，再让面团醒一会儿，面和盐水充分融合，面的韧性也"醒"了。擀剂子就颇有难度了。揉匀面团，搓成长条，揪为面剂，擀成直径五寸许的小饼。持一干净小刷蘸了豆油，在饼心上随意一抹，小饼越发地光洁温润。另取一面剂，以手压为扁平，两面蘸了油，置于第一个饼的中心。犹如建筑，第三个面剂自然在高层，只压扁，不抹油。然后，用擀杖擀压三个面剂成饼状，擀杖带动面饼自然旋转，手腕用力轻而匀，擀制速度快而稳，擀就的薄饼直径约有一尺，凝神视之，白若羊脂，薄似蝉翼，无褶皱，无破损，完满如中秋之月。

如果说擀饼是作词，那烙制则为谱曲，词曲谐和，乐章乃成。烙饼用鏊子，平面圆形，中心稍凸，铸铁而成，须先预热，火是玉米秸火，焰长，面大，势头均匀。鏊子稍热，先持一小笤帚扫净鏊面，用擀杖将薄饼平放在鏊子上，待其微微起泡，以小笤帚轻压饼面，继而轻转，促其贴紧鏊面受热，烙上金黄娇嫩的细花，且及时扫开突然的气泡，让饼三页分离，成就一抖三开之奇观。上好的三页饼，擀剂烙制等技术环节固然重要，美食犹之乎经典乐曲，它是细节的艺术，对每一个精微细节的准确把握尤为关键，如此，世间方有"绝唱"千古流传。

景芝三页饼创始人为明末清初景芝人赵李氏，其所烙之饼焦柔相济，入口筋香，凉透叠起，数日不爆，柔软如初。三页饼是地方小吃，吃的是饼，感受到的是它与土地的关系。清朝大学士刘墉喜食三页饼，他的故乡就在景芝以南，每每省亲返京，必携带三页饼奉送京官品尝，以示诚意。他绰号刘罗锅，想象他吃饼的样子，双手捧起，缩颈而食，喉头大动，着实可爱。如今，盒装景芝三页饼行销全国各地，是无间南北不分老幼皆可享用之美食。

饼卷鸡蛋是寒食节的经典美食。小时候，母亲总是提前煮好鸡蛋，到寒食这天，全家老少皆吃三页饼卷鸡蛋。把三页饼在盖垫上摊开，熟鸡蛋以筷子夹碎，沿饼的直径上均匀铺开，半空里再落下少许白亮亮的细盐，若是芝麻盐其味更佳。成家以后，有时犯懒，我和女儿就吃三页饼卷鸡蛋，外韧内酥，不止风味独特，更在于回味，回到过去的味道。三页饼最本分的吃法是卷香葱吃，一韧一脆，交错入口，韧者筋香，脆者鲜嫩，口感甚是细腻清爽。薄饼卷菜食俗久矣。"雪沫乳花浮午盏，蓼茸蒿笋试春盘"，古人谓之春盘，即春饼配菜。三页饼最绝妙的配搭是景芝小炒肉。精肉切为细丝，香菜切小段，热油起锅，以姜丝葱花爆香，倒入肉丝、香菜梗翻炒，其味香鲜无比。以三页饼卷小炒肉吃，犹如好风裹着好雨而至，实乃人生大快乐之事。

景芝炒饼亦别有风味。三页饼切丝，如粉丝一般粗细，加精肉丝、香菜段同炒，装盘。另把西红柿洗净切块，鸡蛋打散搅匀，待油热，翻炒西红柿至出汁，加水，倒入蛋液，出锅前撒一把葱花，西红柿汤即成。吃时以筷子夹起饼丝，去小碗里过一遍鲜汤，嚼起来香脆而又绵软，清鲜而又酸甜。那日，我们几个文人在一家小饭馆扎堆，谈着谈着文学，就牵扯到了尴尬的生活，一个个无不作愤青状，争论不休，及至上饭，是景芝炒饼，举座缄默，皆恨不得把脑袋探进汤碗里，但闻稀里呼噜啜食之声。

年年有鱼

鱼是美味，人人喜食。过年吃鱼，年年有余。"鱼""余"谐音，寓意生活富裕，钱财有余。作为北方人，过年不吃鱼，这个新年算是白过了。新年的饭讲究美味，也讲究吉祥。糖醋鲤鱼、清蒸鲫鱼、香煎鱼排、剁椒鱼头等均为年夜饭的经典菜肴。清蒸、糖醋、干烧、烹炸，怎么吃都是美味。

大鱼大肉是硬菜。硬菜是能压住一桌菜的菜肴，撑场子，给主人长面子。我们这里的人春节待客，上菜为双数，四菜叫四喜，六盘为六顺，八菜即八发，十个就是十全十美，最后一道菜肴必定是鱼，且鱼头必朝向主宾，以示敬重。鲤鱼，鱼跃龙门；鲫鱼，大吉大利；鳜鱼，富贵有余。鱼一出场，犹如噼噼啪啪的鞭炮，顿时放大了新年的喜庆。举座皆大喜，主宾陪客双双持筷，按住头尾，邀请大家享食。

吾乡安丘有鲤，食俗亦重鱼。无鱼不成席，若是三五人小聚，来一个油炸小黄鱼，讨个"有余"的好口彩，一桌的吃食都喜气洋洋的。我们这里最讲究的吃法是红烧，以景芝古镇的"红烧潍鲤"最擅胜场。

鱼有户籍，乃潍河之鲤。潍河，古称潍水。潍河之流程如锦绣诗章，起与合前呼后应，承和转上勾下连，无一处不妙笔生花。在它的源头箕屋山（今莒县箕山西北麓），潍河如细细的掌纹蜿蜒在丘陵山地之间，沿途承接雨水、冰雪融水、地下水，行至下游，河面宽阔，水草丰茂，底沙洁净，就有多种鱼类在此繁衍，以四孔潍鲤最为知名。

鲤鳞有十字纹理，故得鲤鱼之名，跳龙门的即是此鱼。潍河之鲤形如金梭，头尖尾细，身体侧扁而肥厚，色金黄，马蹄状的鱼嘴上方有四短须，乍一看，很像四个鼻孔，尾鳍浅叉形，看上去犹如双桨戏水，极为敏捷。刚出水的鲤鱼，尾鳍背鳍皆赤色，体侧灿灿的黄，鱼肚则是闪闪的白，犹如一轮红日跳出广阔的水面，让人觉得世界是如此的阔大而敞亮。

生活在潍河流域，每一分钟都是幸福的。密州知州苏轼在潍河之畔筑"快哉亭"，其胞弟苏辙以诗歌的方式表达着对潍河风光的艳羡之情："槛前潍水去沄沄，洲渚苍茫烟柳匀。"唐人罗隐也有一首好诗，言及阳春之鲤："垂杨风轻弄翠带，鲤鱼日暖跳黄金。"走在潍河岸畔明媚的春光里，我们和诗人看到的是一样的景致，此情此景，怎一个爽字了得。

住在潍河边，若是把鲤鱼的跳跃演变为舌尖上的舞蹈，更是人生一大快事。单是糖醋熘鱼，就让当年避难开封的光绪大帝赞不绝口，御赐"古都一佳肴"的美誉。

最妙的是红烧潍鲤。选大小适中的鲤鱼一条，一斤半左右，在鱼的两面剞上横的竖的纹路，越细越好，这叫花刀，便于腌制油炸时迅速入味。红烧，是先炸后烧，一看配料，二看火候。炸鲤鱼要用熟猪油，旺火热锅，猪油烧至八成热时，把腌制好的鲤鱼请进锅里，炸至金黄色，捞出。若是花生油或大豆油烹炸，会损伤鲤鱼的美色，且易焦糊。烧鱼之作料，猪肉必不可少，肉香渗透到鱼肉里，这叫一家亲。把猪腰肉横切数刀，再切为火柴棍厚的鸡冠肉片，倒入留有猪油的热锅内，快速煸炒，接着投入葱丝、姜片、蒜瓣微炒，加汤、酱油、细盐、绍酒、白糖、味精，一应作料悉数到场之后，鲤鱼再度入锅，此时，转微火慢烧半小时，烧至汤汁浓稠，鱼肉自是咸鲜甜香，不可让舌尖错过这人间的奇遇。烧好以后，以水淀粉勾芡，浇在鱼身上，即可食用。

玉盘初鲙鲤，看着金黄之鱼卧于深红汤水之中，直叫人幸福得有些发晕。

鲤鱼之肉鲜嫩无比，带皮吃，很有口感层次。记得有一年春节去看我大姑，大姑做了一盘红烧鲤鱼。吃了一面鱼肉，想吃另一面的时候，大表哥用筷子夹住鱼身，眼睛看着我们：来个说法吧。有人说，把鱼翻过来。"翻""反"谐音，不吉利。把鱼正过来，我们原先吃的是反面，也不吉利。大姑说，就让鱼游过来吧。我们表兄弟好几双筷子齐齐夹住鱼身，扑棱一下，鱼真的游过来了，带着水草的腥味和阳光的甜香。

小时候，过年走亲戚，一路寒风吹彻。可是，一坐上热乎乎的炕头，新年的味道就扑面而来。窗户上贴了红窗花，鲜活的双鱼游动在阳光的河流里。圆桌上摆满四凉四炒四汤，最为丰盛端庄、最有气场的是红烧潍鲤。那种场景暖意融融，观其汤热情似火，食其肉嫩滑如脂，一伸筷一张口，就把味蕾和心灵给格式化了，那种红烧是本味的、地道的，他处鱼肴皆为舌尖上的匆匆过客。

站
住
花
儿

古镇景芝有传统美酒春开瓮，亦称桃花瓮、桃花美酒。春三月，桃花初绽之时，恰逢酿酒微生物进入前所未有的活跃期。桃花汛时酿酒忙。开瓮所蒸之酒入口绵甜，饮后尤香。比如，清初诗人刘翼明过安丘途中，访友饮酒，留下了绝美的十四个字："桃花流水春开瓮，细雨斜风客到门。"

古镇酿酒遵循自然秩序。冬至时节，高粱、大米、糯米、小麦等粉碎，蒸熟；酒曲粉碎，与蒸熟的粮食拌匀，再装入窖池，发酵。听见桃花开放的声音，即开窖蒸酒。尤为重要的是选料精细，工艺精湛而考究。制曲或制醅所选高粱、小麦、荷叶等材料有地有时，加工所用窖池、火炕、甑桶讲究的是质地、尺寸和组合，决不敷衍。

先说制曲。酿酒之曲以伏曲为最佳，曲的断面有三道金黄色的火圈，仿佛微生物们舞姿的美丽倒影被固定，又被时间的刻刀细细雕镂了。三伏之天，当阔大的荷叶托起娇艳的红花之时，曲霉、根霉、毛霉、红曲霉、拟内孢霉等小精灵也从曲房和空气中飘落下来，如暑气在砖块一样的曲胚里热情奔涌。曲胚用高粱和小麦采制。高粱小麦均精挑细选，颗粒饱满，色泽鲜亮，且有新鲜的淡香甜味。小麦碎成七八瓣儿，加适量水，手捏成团而不粘手，其外裹以半干而柔软的荷叶，置于长方体的木制曲模内。填曲踩曲由手脚干净的女工完成。女子紧凑而芬芳的呼吸、荷叶清香而温润的气息、曲料微甜而醇厚的味道，犹如三条柔滑的彩绸，飞舞着，缠绕着，形成一个活跃亢奋的场域，而真正的主角是那些看不见的小精灵，他们在繁殖，在运动，就像一场戏，生旦净末丑倾情出演，温良恭俭让悉数亮相。经由小精灵们的激发，呆板的曲块先甜甜地糖化了，而后又香香地酒化着，渐渐变得四边紧，中间松，有些蜂窝的样子。酿酒须用贮存半年以上的陈曲，用时先砍成直径四厘米许的小块，再用撮子耐心地撮到钢磨里，磨成细细的曲粉。高粱小麦们经此一番磨炼，已非面粉，而是可以改变事物形态的那种东西，譬如，把花香变成琼浆。

桃花美酒有一种奇特的香味，与炒芝麻的焦香味儿极为接近，人称"芝麻香"。酿酒原料简单，有高粱、小麦、麸皮、大米、糯米等，唯独没有芝麻。但工序繁复，工艺细致，稍有差池，芝麻香就会踪迹全无。如果说制曲是播种育苗，那么，酿酒则是结庐定居。

说说酿酒器具。坑是火坑，两三米深，方形，掘于室内，很原始。火坑壁上建炉，有一火道经炉底直通烟囱。地炉上置放一口平沿大铁锅，铁锅之上再放一个上口大、小口小、腰截圆锥形的木桶，桶底是一有空隙的竹箅。平沿铁锅叫底锅，有底气的锅。木桶叫甑桶。甑，古代的一种蒸食用具。这样的构造很像大锅蒸馒头，烟火味儿浓浓的。酿酒是让山野间的粮食逃离一粥一饭的常态生活，完成从颗粒到琼浆的奇妙转换，实现从温饱到富足的完美提升。去冬发酵的酒醅，加入高粱壳，拌匀。硬硬的高粱壳犹如深水的气泡，鲜活着粮食们的呼吸。俟底锅的水烧至沸腾，用木锨将酒醅慢慢装入甑桶。装满后，甑桶上覆以盖垫一样的木盘，木盘中间有出气孔，周边宽出桶沿，有一拃长。锡制接酒盘置于木盘上。这时，再抬上一口形若无盖圆桶、桶底上凸的半球形锡锅。锡锅居于最高处，又叫浮锅。浮锅如面壁参禅的高僧一般，从容而镇定。底锅升温，升腾的蒸汽搅动着甑桶内的酒醅，搅得酒气上升，遇见盛满冷水的浮锅，就变成酒液，顺着浮锅底壁，小蛇一般蹿入接酒盘里，再顺着盘嘴哗啦哗啦地流到竹篾编制的酒篓里。

浮锅的冷水不断更新冷却。烧锅蒸酒十分钟出酒。前三分钟出的酒叫酒头，倒掉。浮锅换第二锅冷水后，流出的酒叫"二锅头"，酒质最佳，饮之绵甜爽净，回甘无穷。

识别酒质优劣，有一个简单的观察法，酿酒人叫拉溜子。溜子也叫灌口，一个锡制的漏斗。用锡制酒提将原酒倒入溜子里，再掺进定量的水。酿酒人用右手中指堵住溜子下的流酒口，待勾兑恰当，松开中指，勾兑了的酒哗啦哗啦漏到盆子里，接酒盆就会出现一层密密麻麻的犹如高粱粒一般大小的气泡，这就是酒花。如果酒花能待在盆子里十几秒不破，叫作"站住花儿"。但凡"站住花儿"的好酒，点燃了，是青色的火苗，一经加热，酒香尤浓，香气里爬出许多的小虫子，拱得人鼻孔发痒，头有些微晕，已是熏熏然陶陶然。

芒种时节，我们一群写字的人去安丘的西南山区，采风。

孔夫子说，礼失求诸野。古人采风是去乡野搜集民间歌谣，温习人世温情，以遏制上流社会的道德滑坡。我们采风就是游山玩水，拍照留影。我们这次去的是山清水秀的郚山镇。

豪华大巴行驶在太平山之巅，百公里长的林果大道犹如一条绳子，把我们这些来自文化中心的采风者拉入大自然的幽深之处。放眼望去，林果大道又如一根藤蔓，结满了核桃、荞麦、丹参、板栗。梯田当然悦目赏心，宛若一个果蔬拼盘，拼出了金黄的麦穗、青葱的花生、油绿的地瓜。美不胜收啊，让人恨不得把每一根头发都望成眼睛，但闻快门咔嚓有声，听上去像是在咬食萝卜干黄瓜条芹菜段之类的美味，口感甚是爽脆。

不知不觉，天已晌午，鲁中山区在车轮下呈现出它的辽阔与深远。有人询问午餐的地点。答曰鲁家哨。车上的人仿佛听到了声声清脆的哨响，鲁家吹响吃饭的哨子啦，走起。调转，调头，大车小车就像一群摇头摆尾的鱼，从滚烫的河流游向绿树簇拥着的荫凉处。

深山藏古村。中国核桃之乡是郚山镇的一张名片。山区的古村落更像一枚枚坚硬的核桃，散发着来自时间深处的芳香。鲁家哨果然漂亮。草香花香果香缠绕着的粉墙红瓦真的像童话里的场景。一位老奶奶坐在街边的树阴下，或者，在老人坐着的地方，一片树阴长成了农家的屋檐。一群小鸡在矮矮的核桃树下啄食着阳光的颗粒。那些吉祥的汉字，那些可爱的植物，那些淳朴的人们，当它们被彩笔描绘在一面面洁白的墙壁上，乡村就有了恒久的欢乐的表情。尤为奇妙的是，那些在山区遇见的菜蔬鲜果水灵灵清爽爽地摆满餐桌。我觉得，我是在梦游。

凉拌扫帚菜，蒜茸马齿菜，油炸花椒叶：这是山上采的。女主人热情，像慈祥的母亲一样对我们说：扁豆土豆，这是自家地里种的；鸡蛋鸭蛋，这是自家鸡鸭下的，放心吃吧。麦黄杏，那是麦子的黄，大地的黄，叫人信任的黄；红油桃，那是灯笼的红，太阳的红，叫人温暖的红。麦黄杏果肉软嫩，牙齿轻叩，满口酸甜；红油桃肉质细脆，嘎嘣一声，香甜爽口。女主人指了指外面：自家树上摘的。她说话声音发沉，不像城里的女人声音上翘。大约在山区，地势起伏跌宕，声音有阻挡，就像山风吹过核桃的叶子，声音质朴而清亮，叫人想起灶膛里噼啪作响的麦秸。

一切都是山区的。山区的，意味着美的、干净的、信任的、原初的、母性的。这里的人在荒山上挖空，种核桃。山上，荞麦随处可见，一种茎秆纤细的野草，草穗子在微风里晃，可以看成舞蹈着的仙女。可是，它们就是一些野草，毫无庄稼的排场。我们在仙女下凡的村庄吃到了荞麦馒头，加了小麦粉和少许糖，口感软糯香甜，他处吃不到的美味。问村里的人，说天生地长的呗，也有人抓把草穗子，随手往山地上一撒，就等着吃荞麦面啦。在山区，大地上生长的植物大都可以入口的。人们朴素地信任着大地，大地给予他们人间仙境的享受。他们所做的，就是从植物的茎株上摘下形形色色的果实，就如同他们的辛勤劳动，不是平房换高楼，而是竭力守护山区的绿水蓝天。农家乐，乡村旅游之一种。"农家"一词别有意蕴，淳朴温厚的农村，它始终给我们家的概念。农家乐，犹如植物的时光序列，茎叶花果，乐是果，是住农家屋吃农家饭干农家活得享的精神愉悦。

扫帚菜果然糙口，沙沙沙，就像一把小扫帚在齿舌间扫动。扫帚菜也叫孔雀松、地肤。扫帚菜长大了可做保洁工，洒扫庭除。孔雀松，状其株型似孔雀开屏，华美惊艳。地肤，大地的肌肤。茎直立，有分枝，小叶细长，柔若柳丝，细如松针。它的许多个名字，表述着人们的所见所感。就像我们从不同的方向进入村庄，看到的都是洁白的墙，碧绿的树，山风烈日打磨了的酱红的脸。扫帚菜茎细叶嫩，焯水，沥干，洒上油盐蒜茸，拌匀即食。菜蔬经过唇齿，愉悦随之发生，鲜嫩清爽。在这个晴朗如梦的晌午，一些针叶在舌尖上舞蹈，吧唧吧唧，我咀嚼的同期声就像鱼儿在唱歌。

草茎树叶山果，山区到处都是食物。明朝以降，他们就在这里种树浇麦，养儿育女，和石头植物们朝夕相处。他们有着自己的桃花源，也坚守着童年的味蕾追求。黄瓜大葱，洗一洗，或拌蒜泥，或蘸面酱，味道清鲜新奇。他们吃不上转基因地沟油。乘坐现代化交通工具，跑到百里以外的城市，吃垃圾，那是一件很傻冒的事情。席间有一道青菜煎鸡蛋，我们这些城里人不知青菜为何物。鸡蛋与青叶杂糅，入口但觉一股撩人的清冽直撞唇舌，让人精神大振。是香椿，是薄荷，却都不对味儿。有人弱弱地说：花椒叶吧。众人皆呼花椒，但见七杈八股，倾刻间，吃了个盘底朝天。唇舌大悦，心情亦是大爽。有人端着手机，说，某某写了一首山区风光的诗，发在朋友圈，刷屏了。众人提议某诗人现场朗诵。某诗人，一个五大三粗的汉子，处于众多目光的聚焦点，羞涩得像个十六七的姑娘，扭扭捏捏站起来，眼睛望着窗外的杏树，声音温存而低沉，犹如密林深处涌出的一股山泉水，这股泉水起伏跌宕，跌成一席热烈的掌声。

这个中午，我遇见了许多的欢歌笑语。采风团七十多人，分散在四五家农户，挨桌敬酒，在村巷和果树间转来转去，这情形像极了乡村的婚宴，我是那个满面春风的新郎吗？我真的看见了我梦中的仙女，她穿着碎花红裙，转过一棵桃树，我追过去，出现在我面前的是传说中的场景："闻一闻花香心也醉，尝一尝新果甜透心窝，听一听乡邻们问寒问暖知心语，看一看画中人影舞婆娑。"（《到底人间欢乐多》，黄梅戏《牛郎织女》选段）望着满树的桃子，我的心中溢满了幸福的甜，我好想把我的故乡搬迁到这里，和我的仙女耕读渔樵，为这方土地生育这么多饱满圆润的脸。

童年的零食

食物之美在于口感，更在于回味。饮茶讲究一个喉韵，喉头产生的甘爽的回味，吃食亦如此。美食一沾唇，毛孔生香，舌根回味，形成一种味蕾记忆。一旦舌尖寻不到，舌床空荡荡的，内心就会怅然若失。中国的饮食文化，有着浓重的乡愁情结。齿颊留香，余味无穷，深刻的味觉记忆复原着旧日场景，让多情的文人陷入长久的回味。

"小时候吃的东西，味道不必甚佳，过后思量，每多佳趣，往往不能忘记"，周作人一生记忆的并非珍馐佳肴，而是童年的寻常吃食，以此寄托乡土之思。小时候的吃食与古诗同功，越咀嚼越有味道，故乡的阳光是香的，风是甜的，零食小贩的吆喝声都飘着一股香喷喷的气味。

周作人迷恋故乡的吃食。"天天能够吃饱玉米面和白薯，加上萝卜鲞几片"，他就心满意足；"喝不求解渴的酒，吃不求饱的点心"，亦是其饮食理想。

小时候，我喜欢干的家务活是推磨。我家院中有一盘石磨，经常磨玉米面。石磨吱扭扭地响着，玉米面扑簌簌地落下来，犹如一些小蜂小蝶集聚在油菜花海里，金黄耀眼，暖意融融。新磨出的玉米面有一种很特别的香气，熬粥蒸馍皆甘香鲜美，玉米粥滑若锦缎，面馍馍软如桃

171

酥，让人大朵快颐，吃得肚子溜溜圆。

小孩子没有不爱吃零食的，尤喜甜点。我们那时候吃的零食，多为自制或请他人加工，制作过程一目了然，吃着也放心。地瓜，就是知堂老人笔下的白薯，和玉米面配搭，简单的地瓜玉米粥，金黄温润，香甜可口，堪称天下美味。我们那时候把生地瓜当水果吃，从地窖里取上来，一洗即食，入口脆如甜梨，嚼之味同蜜枣。地瓜干的制法较为繁复。取地瓜一两个，洗净，削皮，置于笼屉上蒸煮，待地瓜煮至能用筷子直接插透，取出。待稍稍冷却，切片，厚薄跟钙奶饼干差不多，然后摊在竹匾上晾晒，晒制成型后，搁在瓷盆里，用盖垫捂一些日子，瓜干受了凉，表面就会长出一层白的霜，伸出舌头一舔，我的天，好甜，甜得让舌尖雀跃舞蹈，甜得让人有些小眩晕。上好的地瓜干黏软筋道，越嚼越甜，犹如一根结实的绳子，从舌尖径直垂下去，牢牢地拴住心尖尖。

爆米花也是童年的零食，爆的是自家种的玉米，"嘭"地一声脆响，玉米瞬时开花，白烟裹着香气淹没了整条村街，让人闻着就有些小陶醉。吃时，一颗接一颗地往嘴里丢，嘴巴很是享受。爆米花初入口，酥脆香甜，口感独特。而后，细腻化渣，如食酥油面包，口齿间还有一种粘粘糯糯的感觉，叫人越吃越上瘾。如今，城市的街头多有卖爆米花的，黄如金球，白若凝脂，卖相很好，有时犯馋，我就伸手去买，静静地享受那种清脆的咔嚓声，吃着吃着，内心忽然有些孤寂，怔怔地看，它们只是一些落地的花瓣，全然没有灿然开放时的喜气洋洋。

小时候吃爆米花，好比慢火煮猪头肉，香味撩拨着馋虫，拱得肠胃咕咕直叫，那是一种甜蜜的焦灼。那时的爆米花机是一个手摇转炉，中间圆鼓鼓的，两端略小，看上去黑不溜秋的，却能蹦出香脆脆的爆米花，那情那景，就像一个发苍苍的老人讲述着鲜亮亮的乡村童话。加工爆米花多在大冬天，手艺人穿黑衣，戴白手套，他习惯了这对比的颜色纠缠在他的生活中。他的到来，是乡村的一个节日。我们这些孩子听到砰的一声炸响，即刻从家里飞出来，眼睛滴溜溜地转，伸长鼻子嗅一嗅，目标锁定。那时，爆一锅米花的费用是一毛钱。装玉米的葫芦瓢竹篾簸箕排队，孩子们则围着爆锅傻乎乎地看。手艺人用空心铁管拧开爆锅一端的阀门，装入玉一样的米，再拧紧，放在炭炉上加热，另一端是一个摇把，铁炉外壁按了一个圆圆的温度表，待炉温升高，手艺人便让我们闪开，但见他搬下爆锅，用一条麻袋罩住有阀门的那段，手持铁管，使劲一拉，疾速一扯，但闻一声脆响，玉米们携着滚滚白烟，从爆锅里奔涌而出，像爆竹一般开出绚丽的花朵，香味四处乱撞，有些爆米花蹦跳出来，我们蜂拥而上，抢做一团，极为热闹，很像乡村婚礼上抢食喜糖的情形，所有的人都乐颠颠喜滋滋的，整个乡村洋溢着幸福的气息和欢乐的表情。

瓜子和花生多为自家炒制。瓜子有多种炒法，原味瓜子、椒盐瓜子、五香瓜子、麻辣瓜子。原味瓜子，只需烧热铁锅，撒少许细盐，翻炒至表皮黑亮，锅内蹦蹦炸响，即可出锅，快速简便，无香料之混淆，最得瓜子香脆甘美之本味，边剥边吃，直吃得瓜壳满地，如茉莉洒落的花瓣，香气袭人。剥瓜子壳也饶有趣味。把瓜子搭在牙齿上，一咬，"卡"的一声脆响，瓜壳绽裂。剥花生的响声也很动听，大拇指一按，喀嚓一响，两瓣壳打开，露出红润瓷实的花生米，咬起来香脆无比，咽下去余香不绝。炒花生也很简单，搀杂细沙，投入铁锅翻炒，细沙包裹着花生，使其均匀受热，炒出来外壳颜色不改，内里芳香诱人。

瓜子吃起来没完没了，不停嘴，有读书人称之为"勿完勿歇"。我们这里吃花生，叫香香嘴。每逢春节待客，我们把瓜子花生都搁在一个筐篓里，嗑一阵瓜子，吃几粒花生，唠一些家常，那些剥壳的声音犹如细密的雨点，落在屋瓦上，落在树叶上，绵密妥帖，饱满丰饶，叫人沉浸其中，不求自拔。

在农村，坐席是大人的事。我村流传着一个段子，说是一嗜酒者吃大席数次，不知席上有四喜丸子这道硬菜。四喜丸子鲜咸酥嫩，为喜宴压轴菜，上得晚，待四个圆溜溜油润润热腾腾的肉丸端上桌来，那位酒徒早已烂醉如泥，呼呼大睡。

父亲滴酒不沾。人家猜拳行令，开怀畅饮，父亲就像一根木棒戳在那里，手脚怎么摆，都不自在。那一年，我考上师范，成了轰动全村的一件大事。恢复高考十多年了，我是第一个，很给父亲长脸。国庆长假，恰逢我的一个堂兄结婚，父亲给我申请了一个出头露面的差事：陪酒。我们这里，婚礼俗称喜公事，族人近邻帮喜者多多，妇女择菜烧火刷碗，男人挑水购货下请帖，这些人都在备战，他们搞出的气浪声响转化为美酒佳肴香茗，陪酒者是要冲锋陷阵的，要鼓动宾客放开喉咙喝，敞开肚子吃。唐人重酒，宋人重食，我们这里讲究一个食全酒美。

中午，八人一桌，认识的和不认识的都在土炕的圆桌旁围成一个圈，看上去很圆满。我贴着炕沿站着，以示尊重，倒水斟酒传菜也方便。我们这里以方形饭盒传菜，一盒摆四菜。先上四碟小菜，咸菜丝，萝卜条，芫荽根，韭菜段，这是看菜，不能吃，是为大菜硬菜做铺垫的。若是嘴巴贱，筷子急，刹不住，便会留下笑柄，某某吃了喜主的看菜，某某笑话喜主的婚宴不如咸菜。乡里人见过大世面的，有风度，待四盘佳肴上桌，酒亦温热，开席，共饮四杯酒。我提议的时候，微微仰着的脸像一朵向日葵那样转着，眼睛里盛满期待。大伙都说好，喜酒嘛，就喝红四喜。我其实饮酒无多，可我要尽到礼数，不能让客人挑了礼。喝第一杯酒，我的舌尖先是一麻，略一迟疑，喉咙就有些发呛，咕咚一口，火辣辣的一团下了肚，又直往脑门上撞，全身火烧火燎着，头皮奇怪地发痒，有种出芽吐蕾的感觉。

喝了酒，才能动筷子。在喜宴上做客，哪怕是山珍海味，也只能尖起筷子，很淑女地夹一口菜。四六回我认识，长我四五岁，是我叔叔辈儿的人。他小时候像是得了饿痨，什么都往肚里赶，向胀里喋，有一次偷玉米吃，给人抓了个现行。他父亲责问偷了几回，他说一回，被踢了一脚，疼得直咧嘴，他改口两回，又踢他，他说也就四六回吧。喜宴上的他，像是换了一个人，很客气地叫我的大名，问我一些学业上的情况，他吃菜少，说话也不多，但每一句犹如树枝的分杈，总能伸展出一些崭新的绿意。听说我毕了业就当教师，大家就像突然想起了什么事情，看着我，惊羡的目光像一股子酒香，径直喷了过来。这个说改天请一顿给他家小子点拨一下，那个说等孩子长大了就让我给教着。这些话冒着腾腾热气，扑在我脸上，有些发烫有些痒。他们双手捧起酒杯，把脸凑上去，待杯沿挨着嘴唇，头一仰，喝了个杯底朝天，空口无凭，干杯为证，这事就这么定了。

四杯酒喝完，觉得酒不怎么辣了，就是我的脑袋在往大里胀，脖颈子跟着发粗，声音就有些浑厚，而且很抒情：结婚成双成对，喝个双四喜吧。是啊，女人出嫁，好比熟了的豆子从豆荚里蹦了出去，这酒得喝，女方也不容易。酒真是个好东西，互不相识的人酒杯一碰，走一个，就说些掏心窝子的话。我们喝的是家乡酿造的好酒，它有一个可爱的昵称，叫小老虎头，酒瓶上有一幅武松打虎图，酒助神威降猛虎，武松，那可是一个喉咙里装得下三山五岳的山东汉子。席间有人问，狗剩怎么没来。狗剩是张叔的小名，狗吃剩下的，命硬，好养活。推到晚上了，怕喝酒误了农活，这几天他家的棉花开得欢，再不摘就要淌了。这家伙就是一个蒲团，要多暄有多暄，要多棉有多棉。你说狗剩，那是好男人，那年冬天他老婆生小琴，缺奶水，他灌了半瓶子白酒，像头倔驴一样，钻进冰窟窿里，硬是捞了半桶鲤鱼。这人嗓门高，把那些声音都给压了下去。小琴是我的小学同学，那个哭鼻子抹眼泪的小女孩如今长大了，高的地方直挺挺，凸的部位溜溜圆，尖的鞋跟比筷子还细。想起小琴，我的腰杆里有一股豪气呼啦呼啦地往上蹿，酒劲上来了。"浊酒一杯，弹琴一曲，志愿毕矣"，我也嵇康一回，那些琼浆绵柔甘洌，流经我的肺腑，奏出美妙的乐音。

被一股酒劲顶着，我挨个敬酒，这叫打通关，这一圈下来，眼睛就有些发直，脑袋像飘着的水瓢一样，有些摇摇摆摆，身体咻啦咻啦，被酒精灼烧的声音清晰可闻。大家被我的热情感染着，纷纷互敬，酒桌上一时觥筹交错，进入战国时代，这是陪酒者的胜利。我说是催催菜，十二个大盘就像一条食品流水线，哪盘菜何时亮相，那是有程序的，催能催熟吗？还有四大碗，鸡脯丸，四喜丸子，银耳鸡肉汤，蘑菇猪肉炖粉皮，碗碗不相见，动如参与商，酒桌上只保留一个大碗，这是有规矩的。我出去就是醒醒酒，抓一块湿毛巾使劲擦脸，还是热突突地发烫，索性浸在水盆里，头一低，酒菜就一涌一涌地往喉头上跑，吐酒伤胃，我赶紧站了起来。礼多人不怪。端菜者多能喝两口，大家看你那么辛苦，敬酒你不吃，彼此都有些尴尬。我对端菜的小叔说，叔啊，替侄子顶一阵吧，我头晕呢。小叔正端着一盘红烧肘子，那浓艳的酱红也加剧着我的头晕，小叔的眼里盛着一些柔和的水色：去西屋躺躺吧。哪行啊，我把腰杆扶直了，全家福我还得喝呢。

那天中午，我把所有的客人送走以后，晃晃悠悠地回了家。回去多喝水啊，小叔的声音像在云里飘。一觉醒来，天已大黑，我听见母亲在埋怨父亲，还是上学的娃呢。父亲一边关门，一边说：是根棍子，就放在门后边。

槐花香，槐花甜

春天，朱耿村的人最爱吃的花是什么？槐花。还有第二种吗？如果有，告诉我，我请你吃香煎槐花饼。

榆钱，也叫榆树巧儿，其外形圆薄如铜钱，三四月间生发，鹅黄嫩绿，捋满一小筐，拌上玉米面蒸熟，加入蒜泥、生抽、辣椒油，口感清甜滑糯香辣，好吃得不得了。榆钱不是花，是果。说榆树的果长得像铜钱，我的心里疙疙瘩瘩的。榆树几万年前就有了，而铜钱的历史也就两千多年。我想，当初设计铜钱的人一定是个吃货，把货币做成了榆树的果的模样。是不是这样呢？朱耿村的老槐树一定知道。

朱耿村榆树并不多，槐树到处可见。槐树在村头。槐树在路边。槐树在房前。槐树在河畔。朱耿村的人不说某人笨头笨脑，说他是榆木疙瘩。小孩子抵制老人的封建迷信：榆木疙瘩，砍上三斧子都劈不开。榆木疙瘩上长出的榆钱很好看，看在眼里，美在心里；吃在嘴里，甜在心里。朱耿村的槐花也很美，也很甜。而且，乳名叫槐花的女孩子特别多。生了槐花的妇女，村里人都叫她槐花她娘。女孩子喜欢扎堆玩，丢沙包啊踢毽子啊藏猫猫啊，到了饭点也不回家，村南村北就响起了槐花她娘喊"槐花"的声音。"槐花～～"，喊"花"的时候，声音上扬，辅以拐弯的颤音，好听极了。若是在春天，在声声"槐花"真的像花蕾，一瓣一瓣地打开了它的芬芳，横街竖街都拥塞着一种清甜香润的气息。

朱耿村的槐树有两种。一种是国槐，羽状复叶，夏天开淡黄色的花，花蕾未绽时采收，我们叫槐米，慢火，摊平，微炒，炒香炒黄了，作茶饮，初入口微苦，回口盈润甘香，越喝越上瘾。另一种是刺槐，也是羽状复叶，春四月开花，乳白色，也叫洋槐花，开花的时候空气中弥漫着一种香甜清雅的味道。有的小孩子吃饭不安分，拿着菜馍馍跑到大街上，吃一大口菜馍馍，又对着槐香充盈的空气咬一小口，然后腮帮一鼓一鼓的，喉头咕噜有声，吃得津津有味。刺槐的花莹白如玉，鲜嫩如脂，清香可口，朱耿村人不分老幼不论贵贱，都以此种槐花为美食。

我的父亲和二叔分了家，奶奶和二叔二婶住在老宅子里。父亲租赁了本村一间不足十平米的南屋，门楼的过道是临时厨房。这所农宅的东面是韩姓人家的一处宅基地，上面种了很多的树，有白杨，有梧桐，也有刺槐。春天，朱耿村的河塘沟渠绿了起来，绿得醉人，绿得可爱；而一棵棵槐树却从滔滔绿海中翻涌出朵朵洁白的浪花。其中，最灿烂、最令人陶醉的槐树，如同在十里翠湖闲游的白云，它们站立在我家的东面。槐花的芳香落到饭锅里，香香甜甜的；沁入我们的梦里，香香甜甜的。

槐花的花期半个月左右。同一棵槐树开花有早有迟，有的枝条挑着嫩黄嫩黄的花蕾，有的枝条捧着亮亮白白的珍珠。在这段时间里，我家的生活完全配得上甜蜜这两个字。有月亮的晚上，有时被槐花的香气惊醒，以为天亮了，就喊醒妹妹去捋槐花。母亲轻轻地说，这孩子睡毛愣了，接着睡吧。躺下，再要睡，我却怎么也睡不着，似乎所有的毛孔都打开了，呼吸着一波一波的香气，整个人像躺在了一个蜜罐罐里，十分的享受。父亲真会选地方。在他另立门户的开始，槐香绕户生，槐花作门铃；而我的甜蜜的味蕾就是在那时得到了优质的培养。

捋槐花，关键词"捋"。用手握住一串槐花，轻轻地往花束的末端滑动，手一松，槐花如玉，大珠小珠落竹篮。槐枝有刺，须小心避开。小孩子爬树，用手捋，有危险，且所获不多。也有威猛的男孩用长竹竿绑了镰刀，在树上表演摘花飞刀的绝技，树下枝叶狼藉，不可取。但男孩的用具启发了我的创造力。寻来一根粗铁条，钳子锤头齐上阵，把铁条弯成半月形的铁钩，用细铁丝牢牢地绑在长竹竿上。这样一来，等于我的手臂瞬间长长了，宛如童话故事里的长臂猿，动作轻盈而优美。长竹竿犹如紫燕穿杨柳，探到槐花丛中，铁钩稍稍一拧，就有一嘟噜的槐花仿佛美丽的白蝴蝶一般翩然飞落。

等在树下捡槐花的是我的妹妹，还有一个叫槐花的邻家小女孩。妹妹的乳名叫小花。每每捋了大串的槐花，我就喊着"槐花"，竹竿往槐花妹妹那边一拨拉，槐花双手一伸就捧住了。喜滋滋的槐花摘几朵白白嫩嫩的槐花，先往我嘴里送。槐花清甜脆嫩，槐花妹妹的声音甜甜脆脆的。这些甜甜的东西灌注到我的身体里，仿佛大力水手刚刚吃了一罐菠菜，顿时神力大增。妹妹有些小情绪，咕嘟着小嘴，像槐树圆鼓鼓的花苞。可是，到了傍晚，这花苞就绽放成一张灿烂的笑脸。槐花她娘做了香煎槐花饼，让槐花端了过来，母亲留槐花一起吃饭。那些洁白的槐花被槐花她娘摘洗干净了，又裹了一些玉米粉，加少许盐合适量水，调成糊状，槐花面糊去油锅里嗞啦嗞啦地翻了几个身，就变成香脆鲜甜的槐花饼了。槐花这一番美丽的旅行，到达了妹妹的舌尖，她兴奋得不得了。

槐花她爹她娘地里活多，你们多照看槐花。母亲说着话，手里的活也没停下，她弯着腰在过道里拾掇东西，我站在她的身边，忽然发现我长高了许多。大人像鸡一样起早贪黑地在泥土里刨食，我们小孩子也有一些小作为，譬如捋槐花。槐花之上是飞鸟，是流云。飞鸟飞走了，流云流走了，就在少年的心怅然若失之际，洁白芬芳的槐花落了下来。

槐花真的是一种越看越美的花。单看一小朵，花形如蝶，五片花瓣，一片略大，近圆形；花瓣们微微卷曲，似半遮面的少女，有一种欲语不语的羞涩之美。这样的无数朵重叠悬垂，垂成一条条好看的长辫子，又像一串串风铃，在风中歌着春天，唱着童年。

我们捋了香香的槐花，或者采了一些甜甜的榆钱，母亲干活回来，看见了，很开心的样子，问我们想吃什么。蒸槐花很不错的。让每一朵槐花都沾了白白的面粉，粒粒分明的槐花愈加白皙丰腴，置于干燥的屉布上，旺火热蒸。等揭开锅盖的时候，一锅的槐花热气腾腾，鲜香四溢。田野里的麦子似乎也饱餐了一顿蒸槐花，抽出了很长的穗穗，一棵棵出落得挺拔秀美。

字有多个名
地丁的紫花

紫花地丁有许多个可爱的名字。其叶卵状披针形，形似犁头，河南人叫它犁头草，可是南方人看它更有箭头样，遂称呼它箭头草、金剪刀。紫花地丁的蒴果很像一条长圆形的口袋，内有种子若干，米口袋由此而得名，并有童谣流传民间："米口袋，米口袋，过了麦子换过来。"种子翠绿时可采食，其味微苦，可口感粘糯，如嚼黄米；麦收一过，种子成熟干燥，不堪食，且蒴果变身为爆发性弹力器，急速开裂，将黑黑的种子弹射出去，好风助力，吹送到山东山西河南河北，远至日本朝鲜印度缅甸。无论它身处何地，植株都不高大，至多有一直尺那么高，但主根较粗，且旁生细根数条，它的地下根像钉子一样楔入土地的深处，貌似平淡无奇，实则活下去的意志异常坚韧。"平地生者起茎，沟壑边生者起蔓"（《本草纲目·草五》），对这些蓬蓬勃勃的生命，李时珍亦是不吝赞美之词。

在我的故乡，紫花地丁随处可见，在草滩，在路边，在沟沿，在林缘。它耐干旱，抗严寒，只要根须抓住一块土坷垃，它就发芽生绿，我们当初并不在意这些。它三四月间开一些五瓣的紫花，过不了多久，每一根细细的花葶，都无比骄傲地挑着一颗绿绿的野果，我们看着它，嚼着它，都像糯米粽，我们亲切地称它"粽子棵"。细瘦瘦的玉臂举着一些圆滚滚的粽子，一棵在路边长粽子的野草，看上去是多么骄傲。小小的"粽子"很干净，摘一颗，径送口中，就让上牙下牙如胶似漆难舍难分了。那个年代，生活极其困难，空空的肠胃急切需要填充，而粗粮细粮稀罕得很，野菜野果就成了我们的美食。紫花地丁的"粽子"太小了，只能塞塞牙缝，我们旺盛的食欲就蔓延到它的叶和花。它的果可食，那它的叶和花也一定能果腹吧，犹如和一个好心人交往，他说的话，做的事，都让人觉得安全又放心。"堇堇菜，一名箭头草。生田野中。苗初塌地生。叶似铍箭头样，而叶蒂甚长。其后，叶间窜葶，开紫花。"（朱橚《救荒本草》）多年之后，我读到这样的文字，眼前豁然开朗，这堇堇菜不就是故乡的粽子棵吗？早在明朝，它就是菜蔬的一种，是可信赖的野生食物，它等在大地上，以拯救我们这些饥饿的生命，给了我们生活的勇气和身体的力量。

　　紫花地丁是堇菜科多年生草本植物，初春生叶，二月开花，叶嫩花鲜，不像荠菜，开了花就是美人迟暮。春天，燕子们从南方飞回，它们的翅膀驮着高远的湛蓝，它们的飞翔展开辽阔的翠绿，点点的紫如小小的鸟散落在无边的绿色里，整个大地都绽放着新春动人的微笑。绿叶紫花，搭配着女孩纤细白嫩的小手，旁边补上一口小竹篮，绿盈篮，紫亦盈篮，那该是最春天的一幅画面。嫩花不经油烹，可码在白瓷盘里，撒一点盐，浇上味极鲜，鲜嫩嫩的很好吃；也可摆一瓷碗，倒入酱油香醋味精，拿一朵花去鲜红透亮的碗里潇洒走一回，塞入口中，别有一番风味。若炒食嫩叶，须旺火热油急炒，菜鲜油香，急红眼的火不夺地丁叶的绿，看上去赏心悦目，吃起来腴嫩香鲜。还有一种吃法，最有糯米团的味道，把叶子切碎，加入面粉拌匀，蒸菜团吃，味道清爽鲜嫩粘糯，越嚼越觉得唇舌间春色无边。时鲜菜蔬怎么个吃法，都可在紫花地丁这里体验一番，没事，炒烂了，就倒入一瓢清水，全家人都能喝上一大碗软软滑滑的菜粥。苦味菜蔬最败火，若紫花地丁没了这味道，还不地道呢。紫花地丁微辛性寒，清热利湿，解毒消肿，让你吃一个肠肥肚圆，吃一个健康长寿。低贱的野草，如同卑微的农人，让我们信赖的美好品质都在它们那里。

紫花地丁全草入药，亦可染色。有些人谈植物，总是念念不忘痈疽疔疮，似乎他们的身体就是一个药罐子，吞了甘草吞甘遂（二药相恶）。虚构生病，以介入本草，让植物纯洁的心都感到委屈。我喜欢初春这些静雅高贵的紫，它是一种活力的征象。由太阳的红、天空的蓝和土地的黄三色合成的紫，在故乡的田字格里，沿着乡路平整的线条，书写着春日的字词，夏天的片段，秋季的篇章。"满朝文武皆朱紫"，是盛唐景象；这紫花地丁的紫，选择的却是向后退却，紫花谢了，绿色更浓。如同香炉的紫烟，缓缓晃动着，把大地变成了一个摇篮，这大地的摇篮里，生活着满目的翠绿和遍野的农人。

那位史上最坎坷的大文人苏轼，一生仕途失意，屡遭贬谪，远至岭南儋州。幸好，一路上有诗，有酒，还有美味佳肴。这一年，他病了，以春盘盛了一些黄芪粥，啜食，以此抚慰愁肠，愉悦味蕾。"白发欹簪羞彩胜，黄耆煮粥荐春盘"，这一天是立春日。时，苏轼知密州。

苏轼谪居的密州距离我的村庄不远，宋时隶属密州。大诗人的荐春盘是一种节气食俗，始于汉代。东汉崔寔《四民月令》："立春日食生菜，取迎新之意。"生菜以盘装之，谓之春盘，唐朝尤为盛行。杜甫是一个忠实于节气习俗的信徒，他漂泊异乡夔州之时，犹不忘在立春日以生菜的鲜嫩唤醒他的味觉和知觉，"盘出高门行白玉，菜传纤手送青丝"，盛满细生菜的白玉盘，犹如探出皇宫大殿的一枝梨花，在民间的大街上次第开放，那些托着春盘的美女，个个肤白肉嫩，手如嫩藕，面若桃花，这就叫一个春色无边。诗人抚今思昔，感慨万千，呼儿觅纸，以诗歌的方式保存着大唐全盛时的立春场景。诗人心向太平，情系食俗，此诗亦有诗史的意义。

宋承唐俗，春盘是皇帝用以赏赐百官的御品。据周密《武林旧事》记载，南宋宫廷所制玉盘价值万钱，其中"翠缕红丝，金鸡玉燕，备极精巧"。春盘之蔬食切为细丝，故云翠缕红丝。譬如韭菜，洗净切段。粉丝泡软，剪为小段。若有新泡发的黄豆芽，则尤为增色，洗净即可，其长约一寸，形似如意，名之称心如意菜。各色熟肉均切为丝状，小肚丝、熏鸡丝、烤鸭丝、咸肉丝、熏肉丝、叉烧肉丝、酱肘子丝。其奢侈之处在于以美玉制作金鸡春燕，有些抢戏的成分，但瑶燕呈瑞，金鸡似鸣，可谓满盘春光，翠缕红丝皆是春。

立春有一些很热闹的习俗。句芒为春神，主管树木发芽生长，要从山上接回来，一路吹吹打打，沿途乡民争掷五谷，谓之迎春。打春，折一根细细的柳条，轻轻地打春牛三下（泥牛亦可），人们也领受了这鞭策。春耕春播春种，有的是力气，有的是精神。人与植物的生命节奏似有冬日的缓慢，闹一闹，喊一喊，气温回升，东风解冻，蛰虫始振，百草回芽，人们就春天了，凡俗的生活得以升华。譬如咬春。萝卜味辛性凉，生吃甜脆如梨，嘎嘣咬一口，薄的皮微辣，嫩的肉汁多且甜，甚有口感，食之可提神解困。萝卜属土，为深根性蔬菜，立春啃萝卜，取古人"咬得草根断，则百事可做"之意，春天的鲜脆清爽和做百事之前的坚韧都在这一咬一嚼之中。我们这里的萝卜细长圆筒形，外皮翡翠色，尾部似白玉，内瓤青如天，摆上瓷盘，不逊皇宫的金鸡玉燕。

江南春来早，可咬可啃之菜蔬多多。北地冷寒，多以萝卜为春盘宴。以春盘馈赠亲友，无间南北，无论贵贱，皆可为之。立春是四季的开端，为二十四节气之首，迎春是立春头等大事。巧合的是，古代诗人在咏叹立春赞美春色的时候，出镜率最高的恰恰是春盘。如果把这些活色生香的诗加以整理，就是一份很唯美的文化食单。朱淑真《绝句二首》中有云："自折梅花插鬓端，韭黄兰茁簇春盘。"嫩黄的韭芽、浅紫的兰芽横陈在洁白的玉盘里，与嫣红的梅花相映成趣，尤能勾春引色，彰显着新春的勃勃生机。元人耶律楚材的"春盘"更为丰盛华美："木案初开银线乱，砂瓶煮熟藕丝长。匀和豌豆搋葱白，细剪蒌蒿点韭黄。"木案即春盘，银线为粉丝，还有藕丝、豌豆、葱白、蒌蒿、韭黄等一应食材，好一份抒情菜单。倘若意犹未尽，试看杨万里的《郡中送春盘》："饼如茧纸不可风，菜如缥茸劣可缝。韭芽卷黄苣舒紫，芦服削冰寒脱齿。"白如茧纸的是春饼，吃的时候，从春盘里夹取菜蔬各一小箸，卷为细筒状。春饼所卷的丝丝缕缕，有生熟两品，有咸甜两味，食之外柔韧内鲜嫩，很有一口咬劲儿。

烙春饼和摊煎饼不用，工艺不同，工具有异。摊煎饼，需将面糊扣在鏊子正中，持竹箉往下径直一抹，又迅疾按顺时针方向平摊为圆形薄饼。烙春饼宜用平底浅锅，铸铁而成，传热慢，散热亦慢。和面也有讲究，以四分水五分面为佳，调成稀稠相宜的面糊，用手抓取一团，探向热锅，面糊不似檐雨一般下坠，方可。精细盐、花生油，两种配料都要有。一小匙盐，半汤匙油，依次加入面糊，搅匀，犹如盐卤点了的豆腐，烙饼时利利落落，不粘锅，吃起来软而微韧，口感甚是舒适。锅面也要抹一层薄薄的油，俟锅烧热油香扑鼻，由外向里，以手推动面糊，热情的锅心就挽留了一层薄薄的面皮，少顷，面皮外侧向内卷起，轻轻一揭，春饼即成，视之形似荷叶，白若羊脂，薄如纸片，让人的唇舌蠢蠢欲动。

春饼，又名春卷，卷入各色馅丝，叫卷春。将春饼和馅丝合一锅而炸之，名曰油炸春卷，为清宫满汉全席之御用美食。烹炒馅丝是慢功细活。瘦猪肉洗净，切细条，烧热油锅，翻炒，熟后盛出，锅内留油。以余油把粉丝、萝卜丝、韭菜丝、冬菇丝、掐了尾部的黄豆芽炒熟，再倒入肉丝、精盐炒匀，出锅前以水淀粉勾薄芡，即可。春饼摊平，卷入馅料适量，以面糊封口，俟油锅烧至八成热，投入春卷，煎炸，两面皆金黄，捞出，沥油。油炸春卷趁热吃，越吃越香，入口皮薄酥脆，馅心香软，吃饱了亦能连罄两三卷。

小时候，家中菜蔬无多，母亲就备好甜面酱、羊角葱，让我们卷饼吃。吃法很简单，用白嫩嫩的葱蘸了香喷喷的酱，在春饼上涂抹一条红色的竖线，再把小葱卷了，春饼超薄，但是滋味醇厚，甜中带咸，香辣清鲜，极为爽口。女儿长大以后，我变着花样给她炸春卷吃，荠菜春卷，韭菜春卷，豆腐春卷，以此幸福她的味蕾，让她感知新春的清香爽鲜。

春饼，立春烙的薄饼。吃春饼，就是尝新，吃春天，吃出满嘴的香鲜，吃出满眼的新绿。食春饼迎春，亦有祈盼丰收之意。捡取三春美景四时菜蔬，放入五谷丰登六畜兴旺，春饼是大地的春盘。

饺子的模样像什么？像耳朵。饺子半月形，两边翘翘，中间圆滚滚的，其原名叫饺饵，也写作娇耳，相传为东汉医圣张仲景首创，全名叫"祛寒娇耳汤"。

娇耳汤很像今天的馄饨，皮薄馅美，汤清味厚，热气腾腾的一大碗，吸溜吸溜地喝，叭嗒叭嗒地嚼，到最后吃得肠肥肚圆，满头大汗。张仲景所制娇耳汤是一味祛寒药，是用面皮包裹着羊肉、胡椒等温中散寒的食材，下锅煮。煮出来一个个形似偃月，两角微微上翘，就像一些小耳朵，支棱着，很有精神头儿。张仲景流浪多年回到故乡，正值南阳的深冬伤寒流行，医圣以娇耳医治乡民冻伤的耳朵。大冬天，北风呼呼地刮着，刀片一样刮疼人的脸，那卷地而起的呼哨声，犹如尖细的银针戳刺着人的耳朵。"立冬不端饺子碗，冻掉耳朵没人管"，立冬吃饺子遂成节气食俗。药食同源，从良药到美食，体现着古人食药一体的营养观。

立冬，水始冰，地始冻，四野空旷，天气转凉。芦苇的茎秆由青绿转为金黄，风乍起，吹动洁白的花穗穗，远远望去，犹如云朵的倒影从水中升腾而起，煞是好看。抓一穗毛绒绒软绵绵的芦花，摩挲着你的脸，脸上细软软痒酥酥的，舒服极了。记得小时候，母亲采来一些芦花，晒干，编成鞋垫，塞进我的棉鞋里，那是一种自脚心升起的暖意。立冬是寒衣节，也是美食节。若论北方美食，饺子当推第一，我们这里有"舒服不过躺着，好吃不过饺子"一说。小时候，我不懂得什么山珍海味，就知道"吃饺子过大年"，而且往往能从饺子里吃出一个亮闪闪的硬币来，便欢呼雀跃，觉得自己好有福气。现在想想，是母亲吃的少，而我像得了饿痨一样猛吃，硬币不咯疼牙齿才怪。

年夜饭吃饺子取"更岁交子"之意。立冬，秋冬交接，亦是交子之时。从立冬日到除夕夜，饺子是起始，亦是作结，首尾圆合，犹如一首节奏鲜明音韵铿锵的格律诗。

饺子花样繁多，但以白菜饺子为最香鲜。百菜白菜香。立冬，白菜上市。我们这里的大白菜帮嫩薄、汤乳白、味甜甘。"味如蜜藕更肥浓"，白菜经霜之后，叶子一弹即破，捧在手里，晶润如羊脂，亮白似冬雪，嘎嘣咬一口，爽爽的脆，凉凉的甜，特有口感。白菜猪肉炖粉条是百吃不厌的家常菜。若调制馅料，猪肉仍是绝配，以三分肥七分瘦为佳。先用斜刀片肉，再横刀切段，然后以排刀剁为细细的肉茸。葱姜剁碎末，放入肉馅，加精细盐、花生油拌匀，口味重的亦可倒入酱油、胡椒粉，酱油要徐徐滴入，也可淋适量白菜汁，持筷子顺时针方向匀速搅拌，肉馅吸足了味素，煮熟了吃，有韧劲，口感好，若是来来回回乱搅，如趟浑水，馅料松散，下了锅，易挣开面皮，不足取。白菜掰开，洗净，沥干，用刀切碎，若剁为菜末，维生素随菜汁流失殆尽，在口感上也大打折扣。切好的白菜碎，可浇食油，轻轻搅拌，给菜们罩上一层油膜，以保住鲜美之味和多种营养素。将调好的猪肉馅倒入白菜碎，依旧按顺时针方向，拌匀，即成饺子馅。

《月令七十二候集解》：立，建始也；冬，终也，万物收藏也。立冬，草木凋零蛰虫休眠之际，家家户户的砧板上，正上演一出相见欢。剁肉如武生出场，抬刀带马，锣鼓喧天，让观者心潮澎湃热血沸腾；切菜似青衣舒袖，菜叶长长短短，宛如细雨，轻轻地向流水诉说着心事，令人柔肠百转。那些配角啊，葱花姜末食油细盐来扎扎堆，捧捧场，到底有了这立冬日的相遇，从瓷盆一路相携到铁锅，热气蒸腾着，创造家的暖。

小时候，一到立冬听见灶台上响起紧锣密鼓，我就知道，母亲忙着剁馅了。舀水的声音，炊帚清扫砧板的声音，母亲细细碎碎的脚步声，种种声响，让冷寂的冬天有一些热闹，有一些回暖。等到包饺子，则是男女老少齐上阵。饺子好吃，在于馅料调制的味道赢人，更在于一张面皮包裹了全家人的呼吸和表情。饺子也叫扁食、牢丸，或形似月牙，或状如元宝，或宛若葵花，皆有"喜庆团圆"之意。包饺子，不仅仅是口腹之欲，不仅仅是祛寒暖中，还有剁馅擀皮包捏烧火蒸煮这一劳动过程中所体现的幸福生活的秩序和节奏，以及说话声锅勺声所交织的凡俗家庭的热闹和欢喜。

我学会的第一门手艺就是摁剂子，比捏泥巴还好玩。母亲把面团揉搓成擀杖一般粗细的长条，揪为大小均等的剂子。撒少许扑面，捉了一个呆头呆脑的剂子，用掌面往下一摁，就扁扁圆圆的了，像甜柿饼一样讨人喜欢。稍稍长大以后，我学会了包饺子。母亲擀的面皮中间略厚，周边稍薄，和我的掌面一般大小，以筷子夹了馅料，搁在面皮的中心，将其对折为半圆形，右手拇指向外轻推面皮内侧，食指则将外侧摺出好看的波纹，两边捏牢即可。我包的饺子东倒西歪的，就像一群从前线撤退下来的伤兵，站都站不稳，有的饺边露着馅，没看相。但吃着特香，扑哧一咬，一股热乎乎的汤汁往腮边直窜，搭上牙齿细细地嚼，饺子外韧内嫩，清香鲜美，真舍不得咽下去。我喜欢洗净了手，抓着饺子去醋碗里潇洒走一回，减热增酸，尤为鲜嫩溜口，吃相不好，但是吃着特过瘾，连吃二三十个犹不解馋，直到喝一口鲜香无比的饺子汤，长舒一口气，仿佛动物冬蛰了许久，这才还了阳，周身俱暖，十分的舒坦。

如今，吃饺子是家常便饭，设若待客，以油锅嗤啦嗤啦开场，煎炸烹炒，大盘大碗予以铺垫，席终端上一大盘饺子，犹如一出好戏到高潮，食者无不举箸夹食，一口一个，腮帮鼓鼓的，七八双筷子犹出没于腾腾热气里，所有的人都喜气洋洋的，情意尤为深浓。

立冬，是一道门槛，跨过去，就是冰天雪地。旧时，立冬日天子出郊迎冬，以冬衣御赐群臣。"立冬补冬，补嘴空"，民间在立冬进补，把大地恩赐的食材包裹成半圆形的饺子，煮熟，塞进肚里，给五脏六腑穿上一件结结实实暖暖和和的内衣。大寒小寒，吃饺子过年。冬天是一辆列车，呼啸着，在寒风里疾速行驶，它的内燃料是饺子。有了饺子，身体有热能，生活有奔头。